恣意生长

吴念檀 [著]

图书在版编目（CIP）数据

恣意生长 / 吴念檀著 . -- 北京：新世界出版社，2015.9
ISBN 978-7-5104-5427-1

Ⅰ. ①恣… Ⅱ. ①吴… Ⅲ. ①长篇小说－中国－当代 Ⅳ. ① I247.5

中国版本图书馆 CIP 数据核字 (2015) 第 229329 号

恣 意 生 长

作　　者：	吴念檀
责任编辑：	黄倩
责任印制：	李一鸣　黄厚清
出版发行：	新世界出版社
社　　址：	北京西城区百万庄大街 24 号（100037）
发 行 部：	（010）6899 5968　（010）6899 8733（传真）
总 编 室：	（010）6899 5424　（010）6832 6679（传真）
	http://www.nwp.cn
	http://www.newworld-press.com
版 权 部：	+8610 6899 6306
版权部电子信箱：	frank@nwp.com.cn
印　　刷：	北京中印联印务有限公司
经　　销：	新华书店
开　　本：	880MM×1230MM　1/32
字　　数：	190 千字　印张：8.25
版　　次：	2015 年 11 月第 1 版　2015 年 11 月第 1 次印刷
书　　号：	ISBN 978-7-5104-5427-1
定　　价：	30.00 元

版权所有，侵权必究

凡购本社图书，如有缺页、倒页、脱页等印装错误，可随时退换。
客服电话：（010）6899 8638

目录 | CONTENTS |

序一：日暮乡关何处是　　　　001
序二：向野而生　　　　　　　004

1. 在路上　　　　　　　　　　001
2. 骑猪的男人　　　　　　　　004
3. 喂奶引发的大战　　　　　　011
4. 在你的目光里萌芽　　　　　017
5. 像少女那样去战斗　　　　　023
6. 疯癫的二大爷和遗失的饭勺　032
7. 月光下的饿死鬼　　　　　　040
8. 四个女人的哭泣　　　　　　047
9. 玉米地里的秘密　　　　　　052
10. 一个武林高手的突然降临　　067
11. 二姐和她的历史性结巴　　　081
12. 青春是把杀猪刀　　　　　　099

13. 猛虎出山	109
14. 老师好美	122
15. 柳叶刀与双结义	135
16. 被恐吓的裁缝西施	150
17. 美丽传说	164
18. 我有柳叶刀，你有小红帽	174
19. 劫持	180
20. 如何拯救我们的姐姐	187
21. 被一把杀猪刀影响的旅程	196
22. 她们的世界	200
23. 杏花村里杏花红	207
24. 锋芒毕露	214
25. 百花丛中最娇艳	218
26. 姐姐的秘密	225
27. 黑夜绽放	230
28. 鲜血梅花	246
29. 喊魂	250

序一：日暮乡关何处是

◎ 魏文彬

我曾经固执地认为：乡愁，这种人类最朴实最天然的情感，到我们50后这一代人为止，便开始慢慢淡化了，烟消云散了。60后和70后，多少还有些乡愁的情怀吧。但比起我们这一代人，他们的乡愁，好像还是罗曼蒂克有余，深沉厚重不足。至于80后——在他们成长的语境里，相互不问籍贯，也不问你"老家"在哪里——你说，他们何来乡愁？

可是，当我读完80后小伙子吴念檀的小说《恣意生长》之后，我发现我的看法是一种偏见。至少，是一种很严重的错觉。

在这部书稿中，沉甸甸的文字，全是对土地的动情讴歌与深情呼唤。即便作者偶有戏虐，也看得出那饱含着他对故乡的无比留恋，对童年的深情回望。在远离现代文明的荒诞语境下，如一块顽石的主人公朱小路，正吹着野风，顽强生长。他的个性桀骜不驯，他的人生草长莺飞，他的行动出其不意。我理解作者之所以为这本书取名《恣意生长》，意在表达和传递一种无拘无束、天性自然的生命成长状态。这也许是念檀对自己的青春、对他所经历的时代所作的一个注脚吧。

念檀以独特的视角,从农业社会一直顺流而下,写到商业社会,让朱小路一路莽撞地前行,最终单刀进城,走入一片五光十色而又诱惑丛生的敏感地带。最令我感到心酸和震撼的是小说中出现的两次"喊魂"。喊魂,这种古老而神秘的东西,在念檀的笔下是一个巨大的隐喻——改革开放三十多年,多少人背井离乡,远离故土,村子里只剩下老人和儿童,"留守"和"空巢"成为乡村最真实的写照。我们这个时代是多么需要一场振聋发聩的"喊魂"啊!

在念檀的文字中,我读到了深深的忧虑,我看出了他的担心。他在深切地发问:千千万万的空巢老人,千千万万的留守儿童,他们最终能喊回那些走失的儿女、离开的父母、逃离的兄弟姐妹吗?沉睡的土地何时能唤回越走越远的子孙后代?苏东坡说,吾心安处即故乡。吴念檀却在问,我们远走他乡,我们买车买房,可我们心安吗?

念檀生于20世纪80年代初期,是我的桃源同乡,在湖南卫视这个时尚王国谋职。作为同乡,我们都是陶渊明的隔代粉丝,都喜欢陶渊明千余年前在我们的故乡那一声真切的关于生命意义的发问——田园将芜胡不归?

我有点好奇,这个满脑子乡土情怀和泥土记忆的吴念檀,在湖南卫视和他的同龄伙伴们都聊些什么呢?他的朋友圈里都是一些什么人呢?如果让他做《爸爸去哪儿》的导演,他会把这个节目导成什么样子呢?

记得早几年,和几个年轻人一起游览武汉的黄鹤楼,大家一起高声吟诵崔颢的诗句"日暮乡关何处是,烟波江上使人愁"。那时候,我还是觉得,没有岁月积累的乡愁,总有些为赋新词强说愁。可是,念檀这位80后的乡愁,是多么动人心魄!

(作者系第十届湖南省政协副主席)

序二：向野而生

◎ 汪 涵

曾经和几个朋友聊天，大家海阔天空，讨论到"如果可以穿越到过去，应该选择哪个朝代？"我的回答是魏晋。

魏晋风骨，名士风流，最令我向往的是他们的精神状态，登山临水、饮酒纵歌、"非汤武而薄周孔"。竹林七贤，作为一个崇尚精神自由的群体，潇洒自如，衣带裹风，无不令人羡慕。

当然，我也向往李白式的"愿随夫子天坛上，闲与仙人扫落花"，"且就洞庭赊月色，将船买酒白云边"。

可惜那是我们再也回不去的年代。花草树木，虫鱼鸟兽，年年岁岁花相似，岁岁年年人不同。如今的人们，步入工业时代、活在商业社会，无一不被定格成了庞大机器上的齿轮和铆钉。

摆在我面前的这本名为《恣意生长》的小说，让我看到了一个纯粹的自然人，他生长在无拘无束的环境里，享受天地自然赐予的一切美好，是个被风吹大的孩子，被雨洗涤的少年。即便命运安排了他的苦难和贫穷，以及拯救姐姐的使命，但他依然乐观、调皮、坚强、勇敢。

相比成长在现代文明里的不锈钢男孩和巧克力女孩，小说里的主人公朱小路，就像一颗野草，生长在荒蛮之地，却充满了勃勃生机和无限遐想。

把我们的未来交给文明，还是交给自然。这可能是一个伪命题，也可能会成为未来社会学家们研究的终究课题，但都不在我们当下需要面对和思考的范畴内。

对于朱小路这样的留守少年，他们天性淳朴善良，闪耀着人性美好的光辉，我们的社会应该在他们身上倾注更多的关注，改善他们的生活环境，关心他们的情感渴求，引导他们的健康成长。

因为他们是最有可能不被现代文明同化，却有可能带领我们走向终极精神追问的人。我迫切地希望，走入他们中间，相遇未来的阮籍、下一个嵇康。

这，就是我要推荐这本小说的理由。

（作者系湖南卫视著名主持人）

1.

在路上

  一只喜鹊兴奋地喳喳叫着,从刘美丽头上轻快地扫过。这个背着一包白棉花、腆着大肚子,根本无法弯腰也无法伸腰的女人,站在一片灰白色的棉花地里,刚好抬起头正望着天上的云。

  喜鹊的一泡屎突如其来地砸在她额头上。刘美丽伸手抹了一把,额上立刻呈现出几道黑白相间的条纹,仿佛那里写着一个"王"字。

  她自言自语道:"老天爷,真的下雨了。"

  天边的黑云正在朝这边移动,似乎有场严重的暴雨就要扑过来。突然,她一阵腹痛,刚蹲下来,就把朱小路生在了一条小路上。她用和着羊水和鲜血的手,一把扯断了脐带,头上还冒着大汗,嘴里却说:

  "老天爷,怎么又生在外边了?"

  朱小路一声没吱,拳头攥着,憋了半天,才哇哇地哭起来,声音响彻云霄。他老娘早已经没有力气爬起来,背上的那条破床单包着的白棉花,全部染成了红色。

至此，刘美丽创下了不在床上生孩子的纪录。她的大女儿生在一条小河边，那是她去洗衣服的时候，蹲下时肚子受到双腿的挤压，还没来得及把那一大盆衣服倒出来，就咕噜咕噜把女儿生了；二女儿出生在稻田里，那是她去割稻，拿着镰刀弯下腰，孩子在肚子里一脚打滑，像坐了一趟滑梯，有人接着看见她屁股后面仿佛安了一眼喷泉，羊水和鲜血哗啦啦地往外喷，她赶紧挪到一堆新鲜稻草上，把二女儿生了，她笑着捧起她，亲亲她说："你是属牛的，牛吃草。"

刘美丽的第三个女儿最奇特，生在了粪池里。那天中午，太阳毒辣辣的，刘美丽一个人消灭了整整两大碗蒸红薯，把她的男人朱解放都逗得笑了。她肚子里一阵闹腾，爬上那个高高的粪坑，把孩子拉在了粪池边。朱解放拿出一把铁瓢，在粪池里舀了半天，才把一个像小老鼠一样的孩子捞了上来。触近了一看，眉头紧皱道："怎么又是个女的？"

他把"小老鼠"又放了回去。经不过刘美丽哭天抢地，朱解放才重新把"小老鼠"捞上来，用瓢把她放在热腾腾的河里洗了，让她躺在瓢里，被爆烈的午后阳光晒着……

朱解放好半天从土坳那边爬过来，手里拿着一个断把儿锄头，灰头土脸的，正准备训斥不干活的婆娘，一眼看见朱小路在土里翻滚着哇哇大哭，便扔了家什，激动地掰开他的两条细腿。那个时候，朱小路第一次听到这个男人惊天动地的大笑，连棉花苞都让他笑得炸了。

在给朱小路取名的事情上，着实费了一些口水。朱解放本来应该很有主导权，他一心想给儿子取名朱未来，但因为老婆刘美丽这一次是有功之臣，那时又正躺在床上，享受最高待遇，所以他不得不听从了她的意见。

刘美丽说："朱未来有什么好，一点儿都没搞清楚。未来到底是个啥鸟？完全是扯淡，叫朱小路得了。"

这一句偏偏让一边吹着水烟，一边走进门的二大爷听到了，他也接腔道："朱小路，朱小路这名字好啊。猪有猪路，马有马路。朱小路以后肯定有门路。"

于是，他就叫了朱小路。

2.

骑猪的男人

朱小路有三个姐姐：朱春红，朱秋红，朱小红。朱小红五岁了，已经懂事了，她的小手扯着爸爸的衣服，总是会问一个问题："为什么只有我叫小红呢？现在我已经不小了，我要叫朱冬红，把小红的名字给妹妹吧。"

她总是不记得她娘新生的是个弟弟，这令朱解放很恼火。他将朱小红一巴掌捅开，操起门后面的锄头就往外走，"朱小红你乖乖给我在家看着弟弟。你大姐能放羊了，你二姐都能割草了，就你一个还在吃闲饭。"

他拿起锄头的时候，顺便从墙角的一只竹扫帚上掐了一条细枝，使劲地去捣镶嵌在牙帮里的紫苋叶子，呸地一声，吐了口臭烘烘的口水，却还是没把牙缝里的菜叶子捣出来，这令他感到十分沮丧。在放了一通很响的臭屁之后，他决定不去想菜叶子的事情，哼着小调下地去了。

这样一个下午，太阳很响亮地照耀着朱家的小屋，五岁的朱小红心里有点害怕。三间小屋只要天气晴朗，就会被太阳晒出"劈啪"的响声，就像禾场上晒着的豆角开裂一样，朱小红害怕泥巴墙突然也一下裂开，她就像一颗小豆子飞了出去，再也找不到家了。她更害怕的是，屋门前那一排坟地，寂静得随时都会钻出一个鬼来。鬼是什么样子，她不知道，村东头的王老太婆还没来得及给她描述。

在鬼光临之前，五个穿中山装的男人走过那排坟地，光临了朱家。朱小红听到了一阵踩在豆荚上的声音，她听到那些豆子飞蹦得很厉害，连带着她家用棕绳吊起来的木门也响得厉害。她战战兢兢地从弟弟熟睡的床上爬下来，战战兢兢地去开门，从门缝里看到了两只口袋。两只一样大小、一样方正的中山装口袋。

一个戴眼镜的黑皮男人伫立在朱小红的面前，她吓得退到门缝里去。黑皮男人后面闪出四个中山装，他们脸上泛着凶狠的红光，四个人伸出手来捉住朱小红。朱小红一下就吓哭了。

戴眼镜的男人问："你爸爸呢？"

朱小红摇头。

戴眼镜的男人又问："你妈妈呢？"

朱小红又摇头。

戴眼镜的男人又问："你们家养猪吗？"

朱小红还是摇摇头，她觉得回答错了，又点点头。

五个男人中，有个披中山装的干瘪老头，一边卷着纸烟，一边闪出来说："杜主任你就别和这丫头啰唆了。我干工作这么多年，哪沟哪头没走过，错不了。"

另外三个男人也跟着说："对对对，错不了，听村长的话准没错。"

趁着现在朱解放没回来,我们赶紧动手吧。"

杜主任犹豫了一秒钟,大手一挥,说:"那就动手吧,先找找有没有畜牲,先捡大物件。"

五个中山装男人,一下仿佛装上了弹簧,开始在屋里屋外翻找起来。杜主任首先在屋后发现了一头瘦猪,这是他最感兴趣的。他兴奋得马上骑着猪在猪圈里转了几圈。他像个凯旋战士,在猪圈里挥舞着手臂,嗷嗷地叫唤。

村长很快撬开了朱小红家的粮仓,他发现里面还有半仓嗑起来嘎嘣响、像嗑瓜子一样脆的谷子。

另外三个男人齐心协力将那头翻着黑眼睛的耕牛撵出了牛栏。

五个男人一起,很轻松地检阅了朱家。朱小红被眼前的一幕吓得哇哇大哭。

她哭着向朱解放干活的地方跑去,哭得鼻涕全跑到脸上来了,与眼泪和在一块,以致她脸上像摊了块鸡蛋饼,甚至哭得跑掉了脚上那双王老太婆做的红布鞋。当她哭着站在朱解放摘棉花的地里时,朱解放已经将这个哭肿了嘴唇,哭得眼睛快要凸出来,头发全粘在脸上的小丫头认成了一个小乞丐。朱解放差点朝她挥舞锄头赶她走。

朱解放认出朱小红以后,心里咯噔一下,心想,坏了,一定是朱小路掉到床底下给摔死了,要不就是让黄鼠狼钻进屋里给咬死了。他来不及听朱小红讲述事情的经过,马上光着脚,扛着锄头就朝家里飞奔。

朱解放到家的时候,被眼前的景象吓了一大跳。一个男人正坐在凳子上,用针线缝补被猪撑破的裤裆,一个男人正在满头大汗搬运粮食，还有三个男人正在禾场上追赶那头倔强的耕牛。他听到屋子里有朱小路嘹亮的哭泣。

朱解放心想，原来朱小路还活着呢。他摸了摸自己的脸，大摇大摆地走过去。他握紧了肩膀上的锄头，有些颤抖的手又慢慢放开，他嬉皮笑脸地站在那个戴眼镜的男人旁边，看他睁大眼睛缝补裤裆，马上很客气地问："杜主任您来啦？"

杜主任头都没回，埋头做着针线。

村长和三个男人围了过来。

村长首先喝住了朱解放："朱解放，老实交代，你和你老婆刘美丽都是躲在什么地方偷偷生孩子的！"

朱解放一下被捏住了痛处，吓得神经一哆嗦，锄头一下掉在了地上。杜主任这时回过头来，轻蔑地看看他："你好像已经不是初犯了。你这是完全不把计生队放在眼里，一窝一窝地生，顶风作案！坦白交代，你到底是爱国还是卖国？你到底是不是受了别人指示，破坏国家建设？"

五个男人围在了他面前，就像一排栅栏。这个说，政策是宽大的。那个说，该交代的要交代。这个又说，拒不回答是会有麻烦的。那个又说，生都生了，只有搬点东西算了。

朱解放一听到搬东西，神经紧张起来，他哆哆嗦嗦地说："我……我……没有。"

杜主任一下把眼睛睁得滚圆。他巴掌猛地一拍大腿,愤怒了，"到了这时候你还拒不承认错误？"又指了指屋里的朱小路，"那就是违法证据，还有什么可狡辩的？"

杜主任从中山装的口袋里掏出一副手铐,把朱解放铐在椅子上。五个男人重新开始辛勤地整理朱家。

五个男人很快就把朱家清查了。一张被虫子咬得摇摇欲坠的衣服柜子,两条被屁股摩擦得油光发亮的高腿凳子,一头饿得皮包骨的青菜叶子猪,一条被拽断了牛绳、鼻孔正呼呼流血的耕牛,还有三担满满的咬起来很脆的谷子。

五个男人像刚刚打完了一场胜仗的将军,他们大笑着敞开中山装,摇着手中的帽子,重新点燃熄灭了的烟卷,心情那个爽。

朱小红吓得一直大哭,她哭哑了声音,哭得喉咙一哽一哽的,哭得弟弟朱小路都睡着了。她的哭声惊动了周围的邻居。大家都躲在瓜棚后面,睁大眼珠子看着五个穿中山装的男人在悠扬地抽烟,看着朱解放的手被铐在一把破椅子上,脑袋耷拉着虚心地承认错误。突然,刘美丽从人群里钻了出来,她带着朱小红的两个姐姐,从人群里气势汹汹地钻到五个男人面前。她把背上的一大包棉花扔在了地上,然后一屁股坐在上面,就拉开架势撕心裂肺地又哭又骂起来:

"呜呜,朱解放你这个龟儿子,你不得好死。呜呜。"

"呜呜,朱解放你这个孬种……呜呜。"

"呜呜,朱解放你这个背时鬼,生个儿子都要……呜呜。"

……

戴眼镜的杜主任突然睁开眼睛,说:"这是骂哪个呢?你这婆娘嘴巴放干净点,小心我给你洗洗嘴。"

刘美丽突然一下号啕大哭起来,她一把眼泪一把鼻涕全揩在胸前的衣服上,嘴里呜哇着说:"就等你们来洗嘴咧!"

她突然发疯一样冲向这五个坐着的男人,她把眼泪和鼻涕全擦在这些中山装上,擦得鼻子和眼睛都通红透亮,她嘴里呜哇呜哇地叫着,也不知道喊些什么。

不知道是哪个男人抽了刘美丽一巴掌,刘美丽立刻发疯一样地撕咬起来,再也不管披头散发的恐怖,她招呼站在旁边揉眼睛的两个女儿,一起撕咬着五个中山装男人。

三个女人像三只鼻涕虫一样,黏住五个男人的身体,她们的手胡乱抓着,眼泪和鼻涕全涂在五个男人身上,脚使劲抬起来,踢向五个男人。

这三个女人顿时让五个男人束手无策,五个男人拼命地伸出一只手来保护着自己。但三个女人就像一百只猴子一样,很灵巧地蟠在他们身上,八个人仿佛一锅黏在一起的饺子,怎么也分不开。他们拼命地拨开了这个人的手,另外一个人的脚又踢了过来。他们的头上、脸上、眼睛里、鼻孔里、耳朵里,全部糊上了眼泪和鼻涕,还有口水。

他们扭在一起的姿势光怪陆离,盘根错节,旁边那些瓜棚里的看客却不断打着哈欠,相互说:"真没劲,这几个男的太没用了,没什么看头。"

也有人说:"那是因为朱家的女人厉害!"

最后,五个男人终于变得聪明起来,他们不再站在一起,这样避免八个人黏在一块,给三个女人可乘之机。他们迅速地分开来,像五颗从豆荚里炸出来的黄豆,蹦得远远的。这样,三个女人鞭长莫及,最多也只能对付三个男人了。杜主任一下子比野鸭子还跑得快,立刻逃到了那头耕牛背后,扯开中山装的衣领喘气。

当这些男人和女人分开来以后,女人的劣势一下暴露了出来,她们抹眼泪、吐口水、擤鼻涕的那几个浅显招式,马上不灵验了。

那些瓜棚后正准备回去睡午觉的人们,重新来了精神,趴回墙头或者草垛上,继续开始欣赏动作大片。

干瘦的村长率先扯住刘美丽的长头发,他一招娴熟的庄稼把式,将刘美丽摔出去几丈远。

朱小红十二岁的大姐朱春红也被一个男人狠狠地抽了几巴掌,一屁股坐在了豆荚里,散乱的头发上,沾满了豆荚和灰尘。

八岁的朱秋红被另一个男人拎起来,甩了几个圈圈。她呆呆地站在那里,上身还在摇摇晃晃,像一只发了瘟疫的小鸡。

这时,杜主任趾高气扬地从牛屁股后面钻出来,指着刘美丽,大声命令村长:"把这个女人也绑起来!"

3.
喂奶引发的大战

朱解放夫妇被擒住的消息,在村庄里传播得飞快。越来越多的人们悄悄地围拢在屋瓦后面,偷窥着禾场上发生的一切。朱解放手铐着凳子,脑袋耷拉着蹲在地上。

杜主任和村长完全掌握了战斗的主导权,他们浩大的声势以绝对优势压倒了一切哭泣和不满。

他们开始组织人马,将柜子和粮食以及牲口搬运到一台喷着浓重鼻烟的手扶拖拉机上去。那样阳光明媚的下午,五个男人像打了一场完美的胜仗,他们一边哼着歌儿干着活,一边敞开衣服,用熏黄的手指刮着胸膛上的汗珠。

杜主任的手指一指朱解放:"你!"

再一指刘美丽:"还有你!都跟我们走一趟!"

朱解放的嘴角拉了拉,露出一个非常难看的笑,他的笑比做鬼脸还恐怖。

"能求您一件事儿吗?"他把眼睛睁得大一点儿,"就一件!"

杜主任很不耐烦地朝他挥手:"有屁就放,少啰唆。"

朱解放说:"求您让我婆娘喂了儿子再走吧。"

杜主任眼睛睁得比牛眼还大,突然吐口唾沫,猛地冲上去,一脚踹在朱解放的屁股上,然后像跳蚤一样飞快地跳开:"朱解放,你生儿子还有理啦?你他妈想再放母老虎出来咬人吗?"

朱解放痛苦地在地上痉挛,他仍不忘记一遍一遍地哀求杜主任放了他婆娘,让她给几个月大的朱小路饱餐一顿。他的声音越来越嘶哑,带着沉重的哭腔。

刘美丽却在不断地朝五个男人吐唾沫。村长一个箭步跑过去,连珠炮一样抽了她十多个耳光。刘美丽这才安静下来,她的脸瞬间被抽得肿起来,四周的肉一起往中间挤,眼睛很快深陷在肉堆里,仿佛那里天生只有两道缝。

五个男人要拖着他们上车,朱解放突然一下跪了下来,痛哭流涕地哀求着,他鬼哭狼嚎的声音让五个男人觉得十分恶心和厌烦。杜主任招呼另外两个男人一起,提住朱解放的领子,拖着他走到瓜棚背后,故意将声音提高八度,指指朱解放,说:"这就是不守法的下场,看到没?看到没?"

瓜棚后的那些眼睛像一颗颗小黑豆,充满恐惧和畏缩。突然不知道是谁大喊了一句:"谁说不能生,朱黑心不就生了两个吗?你们也没谁去牵他家的猪。"

"朱黑心"是村长的外号。朱村长一听到这话,像被电击了一下,这是他长期配合执法以来,一直担心触及的话题。他有点恼羞成怒,有点暴跳如雷。他红着脸,怒声问:"谁说的?"

没人吱声。

"刚才是谁嚷的?"

还是没人回答。

"是谁在乱嚷嚷?揪出来看不把你撕成八瓣!狗日的,居然不服管!"

村长一把拧过朱解放,将他的两只手从椅子上解开,然后又反铐起来。朱解放的样子十分怪异,像一只秃鹫,被村长控制着,抬头,低头,再抬头,再低头。村长像使用一台手感良好的压水机一样,不断地将手铐一提一放,朱解放就跟着一哼一哈,他的汗珠子顺着额角往下流,又突然一下停住了,与地面垂直了,等到汇聚成一大滴,便垂直掉了下去,砸在土里,冒出一丝烟。

村长玩累了,将朱解放扔到一边。突然,他猛地甩过头来,把身后的那些人吓了一跳。他说:"别以为我不知道刚才是谁说的。"

他的眼睛在那群人里钻来钻去,头不时偏过来,又偏过去。他问:"马大虎呢?"

一个十多岁的毛盖头,流着长长的鼻涕,他狠狠地一口吸进嘴里,说:"刚才还见到在这儿,现在不见了。"

这孩子的娘就站在旁边,她一巴掌捆在毛盖头脑袋上,"你什么时候看到马大虎了?"

孩子嘟囔说,刚才明明看见马大虎了。

她再拧住他的脸,像拧一只猫似的,"马大虎是你看到的吗?你能看到马大虎吗?"

她一甩手,那孩子一下扑在灰尘里,有点哭腔,"明明是马大虎!

明明是我看到的!"

她又甩手给了他一个耳光,"老子叫你看见马大虎,叫你看见马大虎!叫你乱说!"她打得满手都是鼻涕。

村长咬牙切齿地朝那些眼睛后面喊:"马大虎你别得意,这笔账我会给你算的!"他走几步,又恶狠狠地回过头来,一只脚跺在地上,"你这是妨碍工作!阻碍执法!你严重扰乱了村里的秩序!"

他走过去,和杜主任一起解开朱解放,准备将他继续捆在凳子上,然后塞在手扶拖拉机里带回去。

这时候,意外突然发生了。

朱解放双手刚被松开,他还没来得及活动一下筋骨,还没让杜主任和朱村长反应过来,便一把挣脱出来,捡起旁边的锄头,一锄头向杜主任的脑袋锄去。杜主任吓得双手抱头,一下侧过肩膀,锄头落在他的右胳膊上。

杜主任的右胳膊顿时成了一股红色的喷泉。

好多鲜血从胳膊上喷出来,从袖管里流出来,滴在了豆荚上,冒出丝丝青烟,灰黄的豆荚也变得鲜红了。

杜主任的脸上也铺满了一层豆子,是像豆子一样大小的汗珠子。

朱解放还要锄朱村长,朱村长一块瘦黑的脸吓得像豆腐一样白了,他从背后一把抱住了朱解放,使他不能正面接近自己。

朱村长的两只手像两根钢筋一样,箍住了朱解放。朱村长的脸上也冒出了大汗。

朱解放像一只发了疯的狗,他咆哮着,睁着铜铃一样大小的眼睛,他的双手紧握着锄头胡乱飞舞,"杀死你们!我要杀死你们!"

这一幕让另外三个中山装男人不知所措，他们好像还没明白这到底是怎么回事情，这样的刁民实在少见，怎么可能还有人胆敢对抗！等他们明白过来的时候，他们也慌了，都跑到杜主任面前，紧握着他流血的胳膊，充当安慰天使。杜主任豆腐一样阴白的皮肤，在阳光下刺目地瑟瑟发抖着。他们看到他的右胳膊成了一条红胳膊，从肩膀处开始往下一动不动的，好像一截没有生命的木头，粘着他的身体。

三个男人将杜主任的白色背心撕成几大块，再一块一块缠上去，从缝隙里挤出来的鲜血喷了他们一头一脸。三个男人又将外套包在了外面，总算没见到血流出来了。

杜主任已经一脸惨白地昏死过去，他倒在一丛豆荚里，眼睛紧闭着，浑身的汗珠子和爆裂出来的豆子站成了一排，好像是大小差不多的兄弟。

三个男人已经浑身是血，尤其是双手，他们仿佛刚从屠宰场归来。

朱村长和朱解放抱在一起，围绕着禾场跳来跳去，扭来扭去，像两只合在一起的螳螂。他们的动作实在太可爱，瓜棚后面，已经有好多双小眼睛笑出声来。

被团团抱住的朱解放不断地挥舞锄头，一次次尝试，去挖朱村长的脑袋，但因为他比朱村长高出一个头，总是还没够上，锄头的木把子就先把自己的脑袋磕得砰砰响。

朱解放将锄头放下来，突然将它从自己的两条腿中间伸进去，锄头一下勾住了朱村长的腿。朱村长还没明白是怎么回事情，腿已经被朱解放死命地拖住了，他的身体猛地往后倒。

两个身体一上一下猛地倒在了豆荚里。朱解放的身体重重地压在朱村长的身体上。

人们听到朱村长闷哼了一声。

三个男人一拥而上，七手八脚将朱解放的锄头拽了下来，然后用手铐牢牢地铐住，又将他的脚用绳子绑得紧紧的。

村长的手这才松开。他的腿在豆荚里直打颤。三个男人围拢一看，才知道锄头被两个人一压，已经嵌进了村长的腿肚里。锄头一抽，一股更大的红色喷泉涌了出来。

三个男人连忙如法炮制，把村长也包扎好，将杜主任和村长一同送上拖拉机。

朱解放这时候成了一只泄了气的皮球，耷拉着脑袋和身体，像一只霜打的茄子。他看看惨白的杜主任，又看看惨白的村长，他突然害怕得浑身发起抖来。一不小心，憋了整整一个下午的一泡尿就尿在了裤裆里。

朱解放突然像孩子一样哭了，他的整个脸像被钉耙锄过了一样难看，"呜呜……我这是替人受罪啊，我真是蠢啊。呜呜。狗日的马……大虎……呜呜……"

4.

在你的目光里萌芽

朱小路刚开始听得懂别人说话的时候,就已经听说了母亲刘美丽和马大虎的风流韵事,但他从来不管这些。他整天挂着鼻涕窜来窜去,他只关心他在河边的鸟窝正在产的第三窝蛋,只在乎隔壁二大爷家的黄瓜是不是比村口王老太婆家的清甜。

六岁的朱小路,穿着一个补丁摞着另一个补丁的裤子,踩着一双用橡胶皮补了无数次的大号黑色雨靴,高高兴兴地上学去。他放学回家,迷恋着第一本新书上的一颗红苹果,他的口水不住地流。他拍了一巴掌自己的嘴巴,"叫你别流,你偏不听。"

他忘记了手里拿着新书。一不小心掉在了泥地里。他悄悄跑到河边,学着刘美丽洗衣的样子,卖力地将书搓洗了一次,然后晾在大石头上。

在放学回家的路上,他吸着鼻涕,扯着嗓子喊一首儿歌:

"马王村里好多花,最好一朵在朱家,打马接来朱家女,老娘老爹笑脱牙……"

可是朱小路没有老爹。老爹坐了两年牢，再之后，他坐着滚滚浓烟的拖拉机去了县里，然后又坐着拥挤的卧铺车走了，再也不见人影。

朱小路有一个已经很老的妈妈，还有三个姐姐。

妈妈的脸永远像一只苦瓜，她常常在夜里一个人哭泣，生了朱小路之后，她再也没有生孩子，因为被五个男人捆绑着去医院结扎了，丈夫也不在身边了。她的头发已经开始发白、脱落，浑身瘦得皮包骨。

朱小路的家里，仍然是那两间泥砖做的房子，破的木门用一根绳子拴起来，吊在门梁上，门上用一把一公斤重的老式大铜锁锁住。妈妈和姐姐不在的时候，朱小路常常像一只猴子一样，猫腰弓背，跳上门板，轻松地翻进去。一不小心被马大嫂看见了，她总忍不住惊奇地呼喊一句："哎呀，刘美丽，你们家小路又当贼啦！"

朱小路朝马大嫂一熊，双脚挂在门梁上，手一松，垂直吊着，双手伸进嘴里，把嘴扯得老大，朝马大嫂直瞪眼。

马大嫂吓得浑身发抖，迈着双脚飞也似的去了，嘴里还喋喋不休："朱家出了怪物儿子，怪物儿子……"

隔壁二大爷家的门槛也是让朱小路骑破的。

朱小路喜欢骑在高高的木头做的门槛上，手里拿着竹枝条做的赶马鞭，任由鼻涕流到嘴唇边，他扯着嗓子喊："驾，驾，马驾，吁——吁吁——"

抽着水烟的二大爷闭着眼睛，在卧桶里打瞌睡，被骑马的朱小路吵醒了，他一边点水烟，一边笑着叫朱小路："小路。"

"嗯？"朱小路回过头来。

"猜个谜语吧。"

"好哇，好哇。"

二大爷磕了磕水烟筒子，说："一对白狗，躺在巷口，看到来人，赶紧上走。"

朱小路的鼻涕快要掉到嘴里，他赶紧用力一吸，声音很响，与二大爷抽水烟的呼呼声不相上下。

朱小路猜不着，他就像一只猴子一样缠着二大爷。二大爷微笑着从卧桶里起身去了里屋，留下朱小路一个人围着卧桶转圈圈。

他还从来没这么仔细看过二大爷的卧桶。因为卧桶不是一般人能坐的，只能上了年纪、说话有分量的老人才能坐。这个一米多高的木桶子，有一边只有板凳那么高，人一坐上去，靠着后面一半油漆的木板，扶着两边的木耳朵扶手，感觉像坐上了皇帝的宝座。

二大爷的卧桶里铺了一个手工缝制的黑色卧垫，朱小路拿起来，闻一闻，只闻到一股浓烈的屁臭味，他一连打了十多个喷嚏，把鼻涕都喷到嘴里去了，这才缓过神来。卧垫底下是干稻草。朱小路伸手进去，把那些压得紧紧的暖和的干稻草掏出来。他掏了一把又一把，居然连绵不绝。等到终于掏完了，除了一个木头做的底，他什么也没发现。

朱小路失望地一屁股坐在暖和的干稻草里，在里面暖和地打了个盹。他梦到妈妈炒了好大一盘炒鸡蛋，香喷喷地冒着热气，还有很小的油泡泡从鸡蛋里鼓出来，他呼啦啦吃得好香，一边吃一边笑……

朱小路笑醒了，这让他后悔不已。鸡蛋还没吃完，怎么能醒呢？如果沉得住气，不因为高兴而发笑，肯定要等到吃完鸡蛋才会醒。他弹了弹脑袋，"叫你这么快醒！都是你干的好事。"

他低头在衣袖上来回擦干了鼻涕，一猫腰钻进了二大爷家的鸡笼里，在厚厚的鸡粪上面，找到了三个白白的鸡蛋。他把稻草重新放进卧桶，在上面搂出一个窝，把三个鸡蛋放在稻草窝里，垫上卧垫，然后飞也似的撒丫子跑了。

他想，过不了多久，二大爷孵出了小鸡，他就有鸡蛋吃了。

路过河边的时候，他看到大姐朱春红正在河里洗衣服。他一边喊叫着一边奔跑过去，"朱春红！朱春红！"

此时的朱春红，十八岁的姑娘，像一枚正在迅速盛开的月季花。她的手怎么洗也洗不粗糙，她的脸一年四季泛着一丝红润。

朱春红完全脱离了原来的长相，破旧衣服已经掩饰不住胸前鼓胀起来的两座山峰，她的小嘴是石榴一样的颜色，却是刚摘下来的橘瓣一样的新鲜和引人垂涎，大眼睛像一汪深水潭，很干净地流动着，看过一眼的男人，都会半夜里翻来覆去睡不着觉，在梦里干着急地流口水。随着发育，朱春红的性格也大变，她一不小心就会脸红，这时候她就恨不得给自己几个耳光，她痛恨自己的"不争气"全暴露在脸上，让所有人都看得到。

她不再是那个小时候扯着五个男人吐口水的朱春红。

人们都说："朱家出了个天仙。"

"她将来一定能嫁个好人家。"

朱小路跑到大姐跟前，呼呼地喘着粗气，鼻涕流出来又吸进去，吸进去又流出来。

大姐拉着他，拧了一下他的耳朵，赶紧拿毛巾在水里绞绞，然后给他擦鼻涕，"鼻涕都快流到嘴里去了。"

朱小路呼哧呼哧喘着气说："大姐大姐，猜个谜语：一对白狗，躺在巷口，看到来人，赶紧上走。"

朱春红扑哧一声笑出来。她的脸被河水映得红彤彤的，她说："你回去问娘吧。"

朱小路于是撒丫子往家里跑。等他跑过家门口，他看到刘美丽在瓜棚后面，鬼鬼祟祟地东张西望。一个高大的男人突然钻进瓜棚。这个男人就是马大虎，一个一担能挑三百多斤，一顿饭吃掉过一脸盆猪肉的马大虎。他戴着一顶破烂的旧草帽，挤出来的头发仿佛一团缠着的乱麻。他穿着的黄背心好像贴着肉一样，磨出了大大小小一排的洞，像是背着一个蜘蛛网。

朱小路看见他们手握着手坐在瓜棚地上，不知道说着什么话。刘美丽像苦瓜一样的脸上，不断地流着眼泪。她说："我老了，别来找我了。"

马大虎从身后拖过来一个大南瓜，对刘美丽说："别这么说，你要养好我们的儿子。"两人在推推拉拉。朱小路突然趴在了石头垒起来的墙头上，鼻涕一吸一吸的，他笑着对着两人大声一喊："嘿！"

两人吓了一大跳。刘美丽的苦瓜脸一下就惨白了。

朱小路趴在墙头上，好奇地问："谁是你们的儿子？"

刘美丽和马大虎吓得张大了嘴巴，半天没吭声。

朱小路眉头一皱："算了算了，不说算了，小气鬼。那我现在让你们猜一个谜语,看谁猜得对!一对白狗,躺在巷口,看到来人,赶紧上走。"

马大虎说:"是鼻涕。"

"鼻涕?是鼻涕?"朱小路恍然大悟,他立刻跳下石头墙,用衣袖擦了擦鼻涕,奔向二大爷家。

刘美丽和马大虎看着朱小路一路飞奔,偷偷抹起了眼泪。

那个下午,当十一岁的朱小红割草回家,放下一路上捡到的柴火,清脆地叫妈妈的时候,刘美丽一脸红扑扑地从瓜棚里钻出来,像一只刚下完蛋的母鸡一样欢快。朱小红坚信,刘美丽一定躲着大家,偷吃了什么好东西。她悄悄跑到瓜棚里一看,只有一个磨盘大的南瓜,安静地躺在地上。

刘美丽把锅子刷得呱呱呱响,她高声喊着三个女儿和一个儿子的名字:"朱春红,朱秋红,朱小红,还有朱小路。我们今天吃南瓜吧。"

5.
―――――――――

像少女那样去战斗

　　朱小路每天早上都要赖床。他的三个姐姐挤在一个床铺上，他和刘美丽挤在另一个床铺上，也不知道妈妈是什么时候起床去的。太阳照射在泥墙上的木头窗户，透过贴在窗户上的报纸，暖暖地照耀着他。他由衷地喜欢早上空气里飞来的淡淡花香，由衷地喜欢屋门前的李子树和酸柑树，在果实成熟的季节，它们总是让全家开怀大笑。酸柑很酸，吃在嘴里，酸在心里。头发开始变白的刘美丽皱着眉头说："真是可以酸到肚脐眼啊。"

　　她皱着眉头的时候，眼角其实是笑着的。

　　刘美丽一拍朱小路屁股，"该起床了！还在做梦，看你的口水都流到床上了！"

　　朱小路摸着眼睛，一屁股坐起来，真的，床上流了好大一滩口水。

　　早饭是一盆玉米糊，一家人围在一张摇摇晃晃的木桌前，喝得很响。木头桌子是朱解放和刘美丽结婚时，朱解放自己做的，上面已经有很深的沟痕和裂缝，桌面已经被刘美丽黑漆漆的抹布擦得黑不见底。但朱小路从不管这些,他将两只手靠在桌上,伸手舀一回玉米糊,就要擦一回桌子。刘美丽拿筷子使劲敲打着桌子,苦瓜脸就说话了:

"不要擦桌子,说了多少回了!"

朱小路白了刘美丽一眼,一点都不想说话。他吐了吐沾满玉米糊糊的舌头,他的嘴巴一圈全部是黄色的玉米糊糊。大姐朱春红就偷偷笑了,她端起弟弟的碗,用筷子和动着,她说,这样就会冷了。

朱小路喝着糊糊的时候,分明看到墙边站着一个人,准确地说是一顶草帽,正停留在高过墙头的空中。他大喊一声:"哎呀,墙外面有顶草帽在动?"

他这一喊,那顶草帽突然就落了下去,消失不见了。

刘美丽说:"哪里有会动的草帽!就你瞎嚷嚷!"

朱小路不服气地说:"呸!我认得那个人!他老是跟着我!"

刘美丽便岔开了话题:"从今天开始,我们要把两间屋子都腾出来,给你们大姐单独开一间。她都十八岁了,长大了,长得都在你们床上摆不下了。你们头上的虱子、身上的臭虫再也不能骚扰她了。"

朱小路撮起了嘴巴。

刘美丽看着他。

"我要和大姐睡。"朱小路撅着嘴说。

"不行!"刘美丽有点生气,"你还尿床!你这么脏,你还要和大姐睡,你羞不羞?"

朱小路饭也不吃了,他耷拉着脑袋。

朱春红笑着说:"你看你看,咱们家的小公鸡不高兴了,你就和我睡吧,不过洗澡洗不干净,我就一脚踢你下床去!"

吃完饭,刘美丽开始分派一天的工作:

"朱春红,你今天负责洗衣,喂猪,挖土。"她指指墙角的一堆脏衣服和锄头。

"朱秋红,你今天要多打两篓猪草,捡一捆干柴火。"她又指指墙角的篓子。

"朱小红,你和弟弟去上学。"她看看墙上的两个帆布书包。

"我去打农药。"刘美丽指指自己。

朱小路嚷嚷说:"你一定是去见那个戴草帽的家伙!"

刘美丽立刻狠狠地用筷子敲打了他的脑袋,道:"朱小路,哪里有什么草帽?!"

这天中午的朱小路发现了一件奇怪的事情,他用搪瓷缸装的咸菜拌饭,也就是他从家里带去学校的中饭,变成了酱肉饭。他在压得很紧的饭面上掏了一个小孔,就闻到了肉香。他咬着肉,可以听到肉油在牙齿间嚼出来时吱吱的声音。他觉得这一切太奇妙了,他想再回去问问那个替人蒸饭的失明老头。

他一路飞奔,在一个坑连着一个坑的走廊上,像一只小狗熊。他在墙角拐弯的地方,猛地撞倒了一个人。一个高出他两个头的女孩。女孩哭哭啼啼地倒在地上,看了一眼他的搪瓷缸,突然大喊一声:"你是小偷!抓小偷!"

朱小路狡辩:"我不是!"

女孩一把抢过他手里的搪瓷缸,停止了哭泣,她说:"你还不承认,你偷了我带的肉吃!"

她用一把铜调羹在饭里面拨来拨去，突然又哇地一声哭了起来："小偷偷吃了我三片肉！"

他觉得万般委屈，小脸憋得通红，眼睛睁得圆溜溜的："我不是！我不是！"

高他两个头的女孩把他从地上扯起来，要带他去见老师。这时候，朱小路十一岁的三姐从一堆孩子里钻了进来，她拉住了弟弟的另一条胳膊："不准去！"

朱小路在两个高出她两个头的女孩中间，被她们拉来拉去。她们就像锯木头拉锯一样，来回拉动着朱小路。朱小路的两只手被拉直了，他穿着大姐当年读书时的旧衣服，就像晾在一根铁丝上一样，被风吹得飘来飘去。旁边围观的孩子们都笑了。

朱小路感到十分难过，哇哇地哭了起来，他用稻草绳子系着的裤子突然一下掉了下来，露出两瓣光腚。周围的孩子笑得更厉害了，还有人在用手指刮脸羞他。

朱小红赶紧放下弟弟的手，蹲下来帮他提裤子。朱小路的脸更红了，他哭得更厉害了。他的小鸡鸡一点儿也不听话，突然自动地浇起水来，全部浇在了姐姐脸上。

周围的孩子轰地一声，笑得像炸了炮仗。那高出他两个头的女孩也笑了。

朱小红抬起头来，像一头愤怒的母狮子，突然冲向那女孩。两个人顿时扭在了一起。她们的手扯着对方的头发，脚不断地踢来踢去。

两个十一岁女孩在这个秋天的晌午，打得难解难分，她们不时抬起头来，看看对方被抓伤的样子，朝对方吐着唾沫，然后又低下头去，继续用手去抓对方的头发、耳朵、鼻子、嘴巴，用脚去踢对方的腿，踩对方的鞋子。

她们从走廊上坑坑洼洼的尘土里，一直打到了到处都是卵石和野草的操场上。但是因为招式太单一，她们的打斗已经引不起围观的孩子们的兴趣。孩子们看得意味索然之后，大部分都回去趴在桌子上打呼噜流鼻涕睡觉去了。还有几个小孩，他们仍然不断地高喊和叫好，像观看一次国际拳击比赛一样认真而兴奋，有的还临时充当起了技术指导，时不时低下头去，看两人撕打的状态，然后使劲喊："踢呀，快踢她胯里！"

"扯呀，快扯她的裤子！"

朱小路站在旁边，看着两个女孩扯来扯去，他不知道该如何处理。他看着两个人的腿在面前一会儿往左，一会儿往右，他瞅不准谁是谁的腿，谁是谁的鞋。当他看见一双蓝面带花、破了一个洞的布鞋时，突然兴奋地一吸鼻涕，大喊道："三姐，我来帮你！"

他一把冲向了蓝面布鞋，两个女孩同时倒在了地上，周围爆发出一阵热烈的喝彩声。

朱小路抬起头来的时候，才知道自己冲错了，他很熟悉的蓝面布鞋是他姐姐，而不是敌人。他把蓝面布鞋当敌人了。

两个女孩在地上抱着翻滚起来，一会儿你在上，一会儿她在下，她们继续扯着对方的头发，吐着唾沫，还学着大人们打架时的腔调，开始张口大骂。

朱小红骂道："刘小娥，× 你娘！"

刘小娥骂道:"朱小红,你是个小杂种!朱小路,你也是小杂种!"

"你们一家都是小杂种!"

两个女孩一路翻滚得更厉害了,她们滚过操场上的卵石,滚过一些高矮不一的野草,掉进了操场底下的南瓜棚里。两个人都被南瓜藤缠住了,她们手忙脚乱,仍旧撕打在一起,却越撕打越被缠得紧。

她们顶着满身的泥土和南瓜叶、南瓜花,从棚子里一直打到了外面。她们站在一个高高的田坡上,疯狂地飞舞着四肢,嗓子已经嘶哑,变成了嘶嘶嘶冒气的哭腔。突然,两人脚下的一块土裂开,哗啦啦掉进了底下的水田。

两个女孩同时从高高的田坡上飞了下去,跌在刚刚耕作好的泥巴田里,成了两个泥人。

这时候,一个戴草帽的黑大个突然跳进泥田里,像拎起两只小鸡仔一样,拎起了两个泥巴孩子。

站在岸边的朱小路大声叫道:"我认得你,你是马胜利的爸爸马大虎!你干吗总是跟着我们?"

马大虎沉默着,也不出声,手里拎着的刘小娥却大骂道:"你们都不得好死!朱小路你这个狗杂种,叫你亲爹帮忙!我要告诉我爸爸……"

刘小娥话音还未落,马大虎迟疑了一下,突然松了手。她就那样自由落体在软趴趴的田埂边,而朱小红一直被拎到了操场上。等刘小娥爬到操场上时,戴草帽的马大虎已经悄悄消失。

这时候,吃完中饭的老师从家里赶到学校来了。他远远地看见一大群孩子站在田坡上，看到了华山论剑的两个女孩。

泥人刘小娥用嘶哑的声音继续骂着："两个小杂种！两个小杂种！"

那天下午，朱小路和朱小红，还有刘小娥，被罚站在校门口的红旗底下。泥人朱小红牵着弟弟的手，她的齐耳短发被风吹得高高飘扬。而泥人刘小娥则耸着肩膀哭着，她的面前摆着那只挖了一个小孔，失窃了三块肉的搪瓷缸。

郁闷的朱小路整个下午都在数三姐背上补丁的线脚。他不知道那是哪个姐姐拙劣的针法，那些长长的线脚，有的像一条蜈蚣趴在背上，有的像一枚订书针订进了衣服里。他看到补丁一个接一个，从肩膀上一直连到屁股上，像一座楼梯一样。朱小红的屁股上是另外两个大补丁，这使她的屁股看起来像装在一个口袋里。

朱小路数累了的时候，就握着姐姐的手睡着了。

他醒来的时候，正在姐姐的背上扭来扭去。天色已经黑了，月亮慢慢地开始升上来。三姐朱小红正背着他，抄最近的山路回家。

山林里传来各种野兽的叫声和响动，一股股风吹得朱小路浑身起了鸡皮疙瘩，心跳得特别厉害。他听到自己的肚子和姐姐的肚子都呱呱叫着，此起彼伏，交相辉映。

他问姐姐："姐姐，杂种是什么？"

朱小红背着弟弟，忍着呱呱叫的肚子，想了一会儿说："杂种就是你本来该吃咸菜饭，结果你不小心吃到了别人的酱肉饭。"

朱小路咂咂嘴巴，"酱肉饭好吃！"

那个月明星稀的夜晚，朱小路在他十一岁的三姐背护下，披着月光,走在回家的路上。他看见姐姐身上的干泥巴一块一块地往下掉,看见路边伫立着一团团鬼魅一般的黑影。他们恐惧地走在山间小路,瑟瑟发抖地用相互的体温温暖着对方。他们怕鬼,不敢回头去看走过的路,害怕身后传来的任何声音——那可能是饿死鬼;又怕山林中高高的像树一样的黑影倒下来,将他们压住——那是高竿子鬼;还怕长舌头的鬼突然跳出来,要将他们卷进舌头——那是长舌头鬼。

村口王老太婆讲这些鬼的来历的时候,开头常常是同一副画面:"晚上,你走在一条小路上,周围很安静,没有其他人。"

王老太婆这时候睁大眼睛,对孩子们说:"你们千万别回头!小心背后有鬼!我小时候的一个朋友,听到背后有人叫他的名字,一声长一声短的,他以为是家里人在找他,他就回过头去看了一眼——只看了一眼——"

她停下来不说了。

朱小路和一群孩子都睁大了眼睛,"后来怎么样?"

老太婆的表情很深邃,"他没向前走几步就倒在地上,死了。是饿死的。因为他这一回头,就被饿死鬼吃光了他肚子里的东西,他就空了。"

趴在姐姐背上的朱小路,也很害怕。背后总是有猫头鹰在叫,当猫头鹰停下来的时候,又突然只剩下一声间一声的蛐蛐叫,他总是觉得有什么东西在靠近。于是,他总忍不住猛地掉回头去。他想:"饿死鬼到底长什么样子呢?"

他不想连它长什么样子都不知道,就莫名其妙地被他吃了。

他们隔家门口还有很远的时候，就听到刘美丽拖着长长的尾音在叫："朱——小——路——"

"朱——小——红——"

他们便飞快地奔进了家里。朱小路以最快的速度站在了那盏惟一的电灯泡底下，不愿意挪动半步。

刘美丽从柴火里抽出一根竹枝，要朱小红趴在长凳子上。朱小红身上的泥巴还在一块一块地往下掉，她什么话也没说，把摞满补丁的裤子脱下一半，露出两瓣屁股，躺在了凳子上，安静地准备受刑。

刘美丽举起了鞭子。

朱小路突然大叫一声："南瓜！草帽！"

刘美丽愣住了。

朱小路再次大喊一声："我们吃的南瓜！一个戴草帽的人！"

刘美丽迷惑地看着儿子。

朱小路说："你不能打她！要不我就说出南瓜的秘密！"

刘美丽恍然大悟，她突然想起马大虎带过来的那只南瓜，想起了他带着草帽的样子，想起朱小路趴在石头墙上，好奇地要马大虎猜谜语。她举起的竹枝停在了半空。

朱小路去搂姐姐的时候，发现她已经趴在长凳上睡着了。她的泥块还在往下掉。

6.
疯癫的二大爷和遗失的饭勺

六岁的朱小路嘴里常常蹦出四个字:"南瓜!草帽!"

只要一句不满意,他就大喊一声:"南瓜!草帽!"

"南瓜!草帽!"成了朱小路的秘密武器。

一不小心吃了三块酱肉的朱小路,从此常常在家里回味着酱肉的味道。每到饭桌上时,他总要先闭上眼睛回忆一次酱肉的感觉,嘴里的涎水就滚滚地冒出来了,和着涎水喝玉米糊也感到分外香。

开始和大姐睡一床的朱小路,每天都被朱春红洗得干干净净的,像只小白猪。他要脱衣服了,马上命令朱春红:"我要撒尿了,你背过身去。"

朱春红就笑了,捏他的小屁股一下,然后背转身去。

朱小路躺在大姐香喷喷的被窝里,他看见大姐脱去那身打着补丁的老式衬衣,露出白褂子,看见大姐浑身像玉一样光洁,他觉得大姐是与众不同的大姐,是最美的大姐。

躺在黑夜里的朱小路始终想不明白,他从被窝这头钻到被窝那头,像一只地老鼠一样。他问朱春红:"姐姐,姐姐,你为什么和我们长得不一样呢?"

朱春红笑了:"怎么不一样?"

"你的前面多出来好大两块肉。我们都没有。"

"你是男人,怎么会有?我是女人呀……"

"二姐和三姐不也是女人吗?她们怎么也没有?"

朱春红笑得更厉害了:"你长大了就明白了。"

朱小路停住不爬了,他很认真地说:"你多的这块肉长得好奇怪,实在太丑了。我看干脆割了吧。这样你就更漂亮了。"

朱春红笑得咯咯地响。

朱小路爬累了,他停下来,探出头去,只见被窝外面一片漆黑,伸手不见五指。他打了个冷战,又缩回被窝里,用被子蒙住脑袋,呼吸着被子里暖暖的气味。他的手搭在姐姐的肚皮上,他感到她的身体有点发烫。

他问:"姐姐,你怎么了?"

"别出声!小心有鬼来抓你了!"

朱小路吓得不敢吱声。他发现姐姐的肚皮正在剧烈地起伏,浑身变得热辣辣的。

他在被窝里小声地问:"姐姐,你还好吗?鬼来了吗?"

"快抱着我,鬼快来了。"他听到姐姐喘着气说。

姐姐伸出手紧紧地把他抱在了怀里,他感到她的心脏剧烈地跳动着,浑身像火烧一样。

"姐姐,我们把娘叫过来一起睡吧。"

姐姐突然一把捂住了他的嘴:"不许叫!不,不能叫。"

姐姐的身体剧烈地起伏着,她紧紧抱着朱小路。朱小路靠在她胸前,那两团肉球中间,能听到她的心脏正扑通扑通地跳动。那两团巨大的肉球也上下起伏着,将朱小路的脑袋抬起来,又落回去。

肉球圆鼓鼓的,朱小路忍不住伸手去摸,一弹一弹的,弹动着他的手,摸到肉球最顶上的时候,他感觉有个小山包,鼓胀着,硬硬的,像摸到柿子蒂,一点儿也不舒服。

他听到姐姐的喉咙里发出奇怪的呜呜声,她双腿绞着床单,使劲摩挲着。她的手松开朱小路,不知道放到哪里去了。

朱小路躺在朱春红火热的胸怀里,感到她的身体晃来晃去,一阵剧烈地颤抖。姐姐才慢慢地安静下来,她像一只升到了空中的膨胀的气球,慢慢地泄了气,落回了地面。

冷静下来的姐姐让朱小路爬下她的身体。她说:

"姐姐刚才抽筋抽得很厉害,但是你不要对别人说。"

黑暗中,朱小路点点头。

早晨起来的朱小路,还能享受到姐姐的特别待遇。她从一口小木箱子底下掏出一瓶雪花膏,用指甲壳抠出一点,抹在朱小路的脸上,笑着说:"把你打扮成一只小香猪。"

朱小路这天上学在村口遇到了二大爷。

二大爷一脸懊丧地说:"你知道有三个鸡蛋吗?"

"三个鸡蛋?"

"对,就是我家鸡窝里的三个鸡蛋。"

"我没偷鸡蛋。"

"三个鸡蛋我一转身就不见了。"二大爷摇摇头说。

"我真没偷鸡蛋。"

朱小路这时候才发现,二大爷眼睛里的光飘浮着,完全没了昔日的神采,披头散发,嘴角还流着涎水。他站在朱小路面前,让朱小路觉得二大爷不是在看着自己,而是在看着一团空气。二大爷自顾自地一个人喃喃地说:"三个鸡蛋,就为了三个鸡蛋……"

"他们骂我老不死的……老杂种……他们终于不给我饭吃了……他们终于把我赶出来了……"

二大爷像是在和自己说话。他说的他们是他的三个儿子,在丢失了鸡蛋的那个下午,三个儿子的老婆围在一个院子里,大战了三百回合。三妯娌把平时积累的最恶毒的词语,拌着唾沫纷纷喷射出来,她们把墙壁上的镰刀敲得劈啪劈啪,把屋檐下挂着的玉米棒子、红辣椒摇得哗啦哗啦,把锅铲和火钳磕得砰砰啪啪。

这三妯娌同住在一个院子里,是一栋很长的房子,分出了三个鸽子笼一样的屋子。她们相互恶毒地攻击着:

"真不要脸!轮到我们家出电费的时候,你们就把活计安排到晚上干!"

"你们才缺德呢!一到晒谷的时候,你们两家就抢先把禾场到处都晒上谷子,害得我的湿谷子全部霉在屋里!"

"说好的每家轮着养老头子,也不知道是谁把他送到这里时,就已经几天没给他饭吃了。"

三个女人最后把火力全部集中在二大爷身上。她们一致认为是二大爷偷吃了三个鸡蛋。她们开始用唾沫围攻他:

"老不死的,居然一声不响偷食!"

"老杂种,分家偏心,灶王爷还是我们请的。"

"老色鬼,就她那样的女人洗澡都偷看!"

他的三个儿子这时候参与了这场混战,他们一边恼火地劝解着自己的女人,一边责难着自己的父亲,最后也对老父亲恶语相向。

二大爷站在禾场上,看着三个儿子一边拖着自己的女人,一边讥讽着他。三间屋门都紧紧地关闭了,二大爷听到他们做饭、舀水,嘴里仍然喋喋不休地骂着。二大爷发现三个屋门,没有一个是属于他的。他看着这栋他亲手搭建起来的房子,突然发现这三间屋子也在对他横眉冷对,屋子后面的那座山也鼻子里哼哼地喷气,那片天也对他翻起了白眼。

特别委屈的二大爷,一个人蹒跚着走出了那座他住了一辈子的小院子,一个人在路上来回走着。他披头散发,口角流着涎水,一个人疯疯癫癫的,逢人就问:"你知道有三个鸡蛋吗?"

朱小路看着目光呆滞的二大爷,他不敢相信这就是那位给他讲故事、说笑话、猜谜语的二大爷,不敢相信这就是那位坐在卧桶里,像个老国王一样,安静地抽着水烟的二大爷。

朱小红很快将弟弟拽了回来,她对二大爷说:"二大爷,我们没见过三个鸡蛋。我们连鸡蛋长什么样子都不知道呢。"

朱小红牵着朱小路,飞快地逃离了疯疯癫癫的二大爷。他们气喘吁吁地奔跑在上学的路上。

突然,朱小路听到后面有人在不停地喊着他的名字,他回过头去的时候,正好看到马大嫂那张像面饼一样宽大的脸。马大嫂一把拧住他的衣领:"听说你是小偷?"

"我不是!"朱小路大声地辩解道。

"你偷了刘小娥带的酱肉吃?"

"我没有!"朱小路发现自己说错了,又补充道,"是她的酱肉飞到我的缸子里了!"

他发现马大嫂那张向日葵一样圆的脸庞有点一丝不苟,她的嘴角带着冷笑。

朱小路紧紧地咬着嘴唇,脸都有些变形了。

朱小红一把扯过弟弟,学着大人的腔调对马大嫂说:"我们吃了刘小娥的酱肉又怎么样?轮到你管闲事?"

马大嫂的那张圆脸都快气扁了,像被人揉搓了一次,五官被搓得都变形了,她气愤地说:"那你们也不能偷我们马胜利的铜饭勺!"

气愤的马大嫂从背后拖出马胜利,恶狠狠地吼着他:"你说!你快说!是不是他偷了你的铜饭勺?"

马胜利在家早已经被马大嫂揍得脑袋嗡嗡地作响,他有些怯懦地说:"肯定是他,我们昨天放学的时候……只有他被老师留下来写作业……我也看见过他用铜饭勺吃饭……"

气鼓鼓的马大嫂一把提起马胜利,浑厚的巴掌抽在他的屁股上,声声清脆,抽得马胜利也跟着节奏一声一声地哭起来。

抽完了马胜利,马大嫂的眼睛转向了朱小路,她浑厚的巴掌伸向了他:"我们家的铜饭勺呢?"

委屈的朱小路突然一下哇哇地哭起来,他的眼泪像发了洪水一样奔腾不止。

朱小红这时候说话了:"凭什么说是我们偷的?你们有证据吗?不要乱说。"

气鼓鼓的马大嫂一捋衣袖:"搜!让我搜你们的书包!"

朱小红赶忙捂住了自己和弟弟的书包,她的脸憋得通红,十一岁的她,穿着一条短了半尺、露出好长一截脚脖子的裤子,她的嗓门也突然大了起来:"凭什么让你搜我的书包?你们又不是警察。你们没有权利!"

马大嫂突然坚信铜饭勺一定在朱小路的书包里,她看见朱小红伸手去捂朱小路的书包,突然一下在心里就笑了,毕竟是孩子,一下就看出他们的恐慌。他们怕被人发现铜饭勺藏在书包里,怕被人讥笑是小偷,怕被老师罚站!坚信自己判断的马大嫂,将她宽厚的手掌伸向了哭哭啼啼的朱小路,去抢他的书包。

憋得一脸通红的朱小红说:"要是没有找到铜饭勺怎么办?"

正在气头上的马大嫂急着要找铜饭勺,她一挥手说:"没找到我就倒着走!"

朱小红一下松了手,马大嫂终于将书包拽在了手里。她翻了一遍,没发现铜饭勺。她不相信,又翻了一遍,还是没有。

她简直有点不相信自己的眼睛了,再重新仔细翻找,连几个积满了铅笔屑的角落里也不放过,还是一无所获。

她又一把夺过朱小红的书包,在里面仔细地翻找了两遍。她终于还是没能发现铜饭勺的影子。她有些气恼地说:"一定是你们两个小兔崽子藏起来了。"

"你该倒着走回去了。"朱小红冷冷地说。

马大嫂的脸红了,嘴上还喋喋不休地说:"一定是你们藏着了,一定是你们藏着了。"

她一把牵过马胜利,掉头就走,"回家去!今天不上课了!真窝囊!连个铜饭勺都管不好,读书有什么用?"

这边的朱小红也牵着弟弟,回头去上学,她朝马大嫂去的方向吐了吐口水,"哼哼,原来大人也这么不讲理!"

她的口水恰好吐到了一个男人脚上,男人戴着草帽。他用粗糙的手摸摸朱小路的头,望望马家母子远去的背影,问到:"刚才马大嫂问你什么了?"

朱小路咬牙切齿地回答:"她错怪我们偷马胜利的铜饭勺!"

马大虎顿时一跺脚道:"这死婆娘,一天到晚瞎怀疑,看我回去不打断她的腿!"

朱小红一把扯过朱小路,说:"我们不稀罕!你们自己弄丢了东西不要冤枉好人!"

马大虎在草丛里擦擦鞋上的那滩口水,说:"朱小路,你们放心,我一定给你报仇!"

7.

月光下的饿死鬼

朱小路的小偷之名不胫而走。从学校老师到村子里的人们,远远看见他走过来,就开始议论:

"听说这孩子手脚不干净……他偷东西。"

"他偷吃女孩子带的肉吃,还偷铜饭勺……"

还有女人用手捂着嘴,窃窃地笑着相互说:"他是个杂种呢……"

朱小路的同学也不叫他"朱小路"了,他们换一种嘲笑的口吻,一齐从他身边经过,吸着鼻涕,吹着口哨一起高喊:"嗨,朱小偷!"

朱小路一下失去了好多同学,他每天只能静静地跟在朱小红屁股后面晃来晃去,像一只小尾巴。可怜的朱小路,吸着鼻涕,和姐姐说话,和姐姐走路,牵着姐姐的衣角到处游荡,和姐姐吃同一个搪瓷缸里的饭——那只和刘小娥的搪瓷缸长得一模一样的饭缸,被他一口气甩下了山崖,只留给他砰的一声回响。

孤独的朱小路,常常一个人在走廊里,用手挖地牛。那是一种生长在灰尘里的小虫子,它们的背一拱一拱地向前进,放在手心里拱来拱去，姿态优美。他的同学都以挖地牛而感到骄傲，谁的地牛多而且大，往往成为英雄和模范，颇受人关注。

吸着鼻涕的朱小路，一下课就飞快地往走廊里跑，趴在灰尘里，认真而仔细地研究地形地貌。他的手一会儿掏掏鼻孔，一会儿掏掏灰尘，他就像一只面人儿在一堆灰里滚来滚去。

这天，他正沉浸在收获的喜悦之中，背后有人踢了踢他的屁股。朱小路鼻子下面拖着两条灰棱儿，回头一看，居然是马胜利来了。

一脸神秘的马胜利瞄了瞄四周，对朱小路说："朱小偷，咱们今天晚上去偷王太婆家的枇杷。你去吗？"

朱小路一听到偷字，脸都憋红了。他鼓着嘴巴说："我不去！你和你妈还翻我书包！你们不是好人！"

马胜利继续用手推推他，"你不要生气嘛，因为铜饭勺的事，我和我妈都被揍了一顿。你还不解气吗？以后你还是和我们一起玩吧。"

朱小路的眼睛一下亮了，他的鼻涕越过两条灰棱儿，滚滚地流下来，眼看就要流进张开的嘴里了，他突然使劲地一吸，鼻涕又缩了回去。

朱小路一连打了十多个喷嚏，他把鼻涕抹得满脸都是，像一个大花脸一样。他的脑袋里进行着激烈的思想斗争。他想像以前一样，合着一群人，一起去偷黄瓜，偷李子，偷板栗，偷水蜜桃，但他又怕别人说他是小偷。

马胜利继续因势利导："你要知道，黄黄的枇杷可好吃了，滑滑的，要甜到心里去，一溜就溜到肚子里去了。"

朱小路不断地吞着口水,他的手一挥,"你快别说了,我去。"

整个下午,朱小路都在为自己的这个伟大决定而暗暗惊喜:有枇杷可以吃,还可以和他们一块玩……

他想起了以前和他们一块掏鸟窝、斗地牛、摘野果子的情景。整个下午,他沉浸在黄黄的枇杷的味道的幻想之中。他想象着剥开的枇杷哧溜一声滑到肚子里去。

他的口水从下午开始滔滔不绝,仿佛黄河之水,一路倾泻。他的两只衣袖都擦得湿透了,开始往地上滴涎水。

到放学的时候,他已经只能紧紧地闭着嘴巴,仰着头,不让口水再喷出来。人们看见闭着嘴巴、仰着头,牵着朱小红衣角的朱小路,他的两个鼻孔一张一合,不断地喷出两个白色的鼻涕泡泡,鼻涕泡泡也跟着鼻孔里的呼吸,一会儿张开长大,一会儿缩小收回。

晚上终于到了。

一轮冷白的月亮明晃晃地照着村子,一群孩子猫进王老太婆家后山的枇杷林。那是一陡斜坡,到处都是灌木,几株结满了黄澄澄果实的枇杷树,在寂静的夜晚充满了诱惑。

还在距离很远的地方,这群孩子就仿佛闻到了枇杷香,纷纷吞着口水。他们看到王老太婆家里黑洞洞的,一家人都已经睡了,只有门前的池塘里,几只蝌蚪在放肆地尖叫。他们小心翼翼地穿过灌木丛,小心翼翼地爬到树上去,就像一群猴子。他们听得到彼此咕噜咕噜吞口水的响声。

这群猴子开始兴奋地在大片的枇杷树叶中摸索起来。

朱小路摸到的第一颗枇杷被整个儿塞进嘴里,皮都没来得及吐出来，还没尝到味道，就骨碌一下滚到喉咙里了。

他使劲地捏住脖子，企图把它挤压出来，就在他感觉快要涌出来时，一松手的瞬间，枇杷似乎又溜了下去。他很生气地干呕了两口，把口水恶狠狠地吐了出去，没想到那小东西跟着逃了出来，滴溜溜砸在了草丛里。

朱小路长舒了一口气，不吃也罢，便脱下裤子，把两个裤脚打上死结，开始迅速地往两只裤筒里扔枇杷。树叶被这群猴子摇得一片斑驳。

两只小裤筒被朱小路扔得鼓鼓的，他又把上衣脱下，只留下一只小短裤，将两只袖子打上结，继续往里扔。

袖子就要装满了。突然，不远处扑通一声，一只夜鸟振翅而起，呜哇大叫，绝尘而去，吓得朱小路差点摔下树来。过了好半天，他不敢出气，不敢动弹，更不敢吸鼻涕。

他似乎听到夜鸟飞起的地方，有人在轻声细语。这一吓让朱小路浑身起了豆子一样大的疙瘩。他提住衣服和裤子溜下树，悄悄躲进灌木丛里，他听到另外几只猴子仍然在辛勤地劳作着，吓得浑身像筛糠。

吓傻了的朱小路听到山顶上有响动，他颤抖着手，提着衣服和裤子，猫腰走在灌木丛里，准备提前当逃兵。这时候的朱小路，早已经将饿死鬼忘记到爪洼国去了，他只害怕被大人们抓住，被人吐唾沫，被人用脚踩着，还被人骂："你真是个朱小偷！"

朱小路一个人轻声细步地在灌木丛里移动着，走了好远，到了山顶上。突然，他听到一种奇怪的声音。

那声音令他想起了饿死鬼，想起了王老太婆说的，那些发出轻细悠长的呻吟的野鬼。他的耳朵一下竖了起来，他感到耳朵后面的头发正滴着汗水。

两只手提着枇杷的朱小路，身上只穿着一条短裤，干瘦得像一只小壁虎，游离在灌木丛中，他拨弄着眼前的茅草和树叶，他揣着自己那颗幼小的心脏，他看到了惊奇的一幕：皎洁的月光下，两段白色的身体像麻花一样扭在一起。

朱小路的眼睛睁得快要掉出来了。他无法相信这两段白色的身体就是饿死鬼。他呆呆地蹲在一丛茅草后面，用两根手指堵住流鼻涕的两只鼻孔，静静地看着眼前的这一切。

两段白色的身体在这块草丛里扭来扭去，像两条粗壮的泥鳅，四瓣白色的屁股在地上翻来覆去，又像两只南瓜在打架。朱小路看清楚了，茅草上面铺着他们的衣服和裤子，他们是在衣服和裤子上扭来扭去。

原来他们是人。朱小路心想。这么想着，他就不怎么怕了。

两条泥鳅在衣服上滚上滚下，伴着沉重的喘息，就像两头开到了悬崖边上的火车，来势汹汹，无法刹车，锐不可挡。

朱小路听到一声尖厉的嚎叫，情不自禁地打了个冷战，背上已经汗涔涔地湿透了。

好长一段时间过后，那男人终于开口说话：

"再过几个月，我要出去了，去很远的地方……"

"……"

"是一家鞋厂，我舅舅已经在那里做了半年鞋子。"

"……"

"很赚钱的……好像有四五百块钱……不,有六百块钱一个月……"

"……"

"等我回来,给你带好多漂亮的鞋子。"

女人终于开口了:"那我们什么时候……结婚?"

"等我挣了钱,回来就结婚!"

站得脚酸的朱小路觉得有些不对劲。但是是什么不对劲呢?他想不到。等他一回头的时候,才发现那些用衣服装着的枇杷,已经全部漏了出去。原来,他的衣服和裤子上有好几个磨破的小洞,枇杷们纷纷自己滚了出去。

朱小路在心里狠狠地骂了一顿这两个不要脸的家伙,松开手去捡滚落在灌木丛里的枇杷。这时候,他才感到鼻孔紧紧的,仿佛被水泥封死了一般。他狠狠地吸了一下鼻子,鼻涕摩擦着鼻孔,发出冗长的一个怪声音。

鼻孔终于通了。灌木丛里的那个男人带着颤音大声喝问:"谁?"

朱小路吓得蹲在灌木丛里一动不动,继续用两根手指堵住鼻孔。

男人的声音小了些,问:"是谁?"

没人回音。只有一只夜猫子惊叫一声,似乎责怪别人惊动了它的好梦,突然怒发冲冠,离枝而去。

那女人惊叫了一声:"快跑啊!"

灌木丛里的两个光溜溜的身体,抓起衣服,飞也似的穿过树林,朝大路奔去。

底下正在忘情地收获枇杷的孩子，朱小路的同党们，也被这突然而来的喊声和叫声吓得惊魂不定。他们像猴子一样哧溜一声滑下枇杷树，飞也似的抱头鼠窜，各自逃回了家里。

朱小路是跟在马胜利屁股后面逃回家的，别人都是收获丰厚，凯旋而归，唯独他提着破衣服和破裤子，穿着一条破短裤，连一颗枇杷也没带回去。

穿着破短裤的朱小路，借着月光穿过屋门前一座坟，两座坟，三座坟，四座坟，五座坟，六座坟，悄悄地爬上门梁，翻过那扇用麻绳吊起的木门。他跳下来摔在地上的声音有点响，他赶紧摸进被窝，蒙头就睡。

8.

四个女人的哭泣

朱小路的眼前老是晃动着两段白色的身体。早上的时候，他终于忍不住在饭桌上说话了："你们见过两个人光着身子打架吗？"

他的妈妈刘美丽和他的三个姐姐仍在埋头舔着碗里的玉米糊，听到他说话，刘美丽从海碗里拔出脑袋，定定地盯着他。

"你看清楚了？是在打架？"

"没错。他们在野林子里，打得可凶了，有个女的被打得直叫唤。"

朱小路的三个姐姐也从饭碗里拔出头来，看着他。大姐朱春红脸蛋一下通红了，玉米糊糊呛得她直咳嗽。

刘美丽的眼睛睁得铜铃般大："你看清楚了？是谁？"

朱小路摇摇头。可怜的朱小路，想起昨晚泄漏枇杷的裤子和上衣，他把衣服从床底下翻出来，扔给刘美丽："这裤子也不知道是怎么搞的，老是破裤裆，肯定是大姐不会补衣服，你给我补好了。"

朱小路从来不叫妈妈，也不叫娘，一般的时候，他面对这个皱纹横生的老女人，直接把脸转向她，叫"你"；在和其他人谈起时，他则把眼睛一翻,叫"她";刘美丽上山割草没回来,他就站在门前的坟山顶上,扯着喉咙喊:"刘美丽!你——快——回——来!朱小路不能进屋啦!"很小的时候,他睡着了,刘美丽把他锁在屋里,上山去砍柴,他醒来便摇着木门哭喊:"刘丽儿,你野到哪里去了……呜呜……你的花围巾还没拿走呢……呜呜。"

"刘丽儿"是刘美丽小时候被人叫的名字。

刘美丽接过衣裤,转手就给了朱春红,叹息一声,说:"你再好好补一次,这调皮鬼肯定又骑猪背了——"她加大声音嘱咐朱小路说,"都跟你说过多少次了,不要骑猪背,你偏不听——骑了猪背会破裤裆的!"

朱春红声音细细的,说:"不是不补,是没棉线了……"

"上半年买的那坨线呢?"

"你问他吧。"朱春红指指朱小路。

原来,上半年的那一小坨棉线,早已经让朱小路用光了,他把线都拿去捆绑河边的鸟窝,还有他课桌底下那一堆散了的木板子。

心痛的刘美丽举起两只黑漆漆的筷子,敲了朱小路几下。

朱春红一把揽起朱小路,说:"你打他也没用,就算他没乱用,线也早就用完了——秋红和小红也有很多衣服没补。"

可怜的朱小路,本来还想着今天找刘美丽要钱买铅笔,却让这一筷子敲痛了。他摸着脑袋,看着眼睛瞪得像铜铃的刘美丽。他知道刘美丽眼睛发光的时候,他就不能调皮了。

刘美丽的眼睛里发着愤怒的光,她一把扯过朱小路,把他扯得像一片树叶一样摇摇晃晃。她粗糙的巴掌狠狠地落在朱小路两瓣瘦削的屁股上。

刘美丽的巴掌暴风骤雨一般,一阵阵抡下来,伴着她的辱骂和愤怒:"你娘的朱小路!整天害死人!狗日的朱解放,生个败家子!"

朱小路放肆地哭叫起来,整间屋子里充满了一种爆破的情绪,女人的怒骂,孩子的哭叫、求饶,像一柄柄尖利的飞刀,冲破泥巴垒起来的小茅屋,蹲在空气里,飘浮不散。

朱春红赶忙去拉开疯狗一样的刘美丽,把朱小路拖到了灶门口,护在胸前。

披头散发、皱纹丛生、手脚粗糙的刘美丽,像一个泄气的皮球,浑身软了下来。她愣在那里,好久没有动,突然一下趴在桌子上,号啕大哭起来。

年幼的朱秋红和朱小红,从来没见过这种架势,吓得不知所措。她们纷纷跪下来,跪在刘美丽面前,一句话也不说,嘤嘤地哭着,朝向刘美丽。

刘美丽哭得飞沙走石、天翻地覆。随着哭泣,她的肩膀一抖抖的,把跛着一条腿的饭桌也摇得一抖一抖的。

朱春红也哭了,眼泪像条河,泪水磅礴四溢。

一家人全哭了,有点惊天地,泣鬼神。

整个早上,太阳火辣辣地照耀在那扇吊起来的木门上,它似乎听不见里面一波接一波的哭泣,有些调皮地窜进去,直到晒满了这五个人的全身。

五个人的哭泣像海浪一样此起彼伏。

等到刘美丽哭完了,抬起头来的时候,朱小路和他三个姐姐惊讶地发现,刘美丽已经完全变成一个老太太了。她的皱纹摞成了几堆固定形状,沟痕更深了;她的眼睛肿得像一只正在溃烂的葡萄;她的喉咙已经发不出声音,只能听到很小的气流嘶嘶地穿过;而她的头发,仿佛一个早晨便全变白了,在阳光照射下反射着粼粼银光。

她的四个儿女呆呆地看着她,她也呆呆地看着四个儿女。他们像一条野葡萄藤上结着的几颗酸葡萄,一肚子的酸水没地方倾倒。

刘美丽张开嘴,嘶嘶地说着什么。朱春红好半天才听清楚她是在说:"让朱小路上学去吧。"

擦干眼泪的朱春红,把朱小路拉到自己房子里,从箱子底下拿出一个小塑料包,打开来,再拿出一个干净的手帕,打开来,又拿出一个手工缝制的小布包。朱春红把包翻过来,在床上倒了倒,三张毛票和两只硬币落在床单上。朱春红用力地再倒了倒,已经没有东西掉下来。

她对朱小路说:"这一毛五分钱,你买一只铅笔,一个作业本。"

说这话的时候,朱春红好像妈妈刘美丽一样,严肃认真,不可侵犯。

朱小路突然想起一件很重要的事情,掏开书包说:"刘美丽,我这里有一块钱!"

刘美丽痴痴地望着一块钱,嘶哑着声音道:"这钱是不是你偷的?"

朱小路委屈地说:"不是的,不是的!是马胜利给我的!"

刘美丽愣了一下，突然流下泪来，拿起扫帚拼命地揍朱小路，嘶嘶嘶地骂道："我叫你撒谎！马胜利怎么会给你钱！一定是你偷的！我叫你从小不学好！小时候偷针，长大了就能偷金！"

　　朱小路哇哇大哭起来。

9.

玉米地里的秘密

　　从此后,白头发的刘美丽不能再下地干活了,她的皱纹撺成一堆一堆,仿佛一片片枯黄的菜叶,她的眼睛整天向外流眼泪。有时候即使她是笑着的,眼泪也禁不住像瀑布一样,从两边垂下来,她的喉咙里只能发出嘶嘶的响声。她的背也驼了,像一只弓着背的老虾。

　　刘美丽每天的任务就是坐在家门口,拿着一只破竹棒把地面敲得砰砰响,试图吓走那些从天空中飞来啄食黄豆的麻雀。

　　每当这时,总会有一个戴草帽的黑大个男人,悄悄停下脚步,压低帽檐看一会儿她的样子,似乎想要上前,但却并未曾靠近。

　　在这个男人走之后,马大嫂也总是会急匆匆地赶到她面前,满脸笑容地喊她:"刘美丽!"

　　刘美丽已经反应很迟钝了,往往要叫上好几声,她才回过神来,不等马大嫂提问,便回答道:"他不在这里,你去别的地方找吧。"

　　马大嫂便扭着两瓣大屁股,默默地走了。

刘美丽像一堆时光的腐肉，静静地坐在家门口，痴痴呆呆的。

这一天，她正在流着眼泪，看着禾场上那一地的豆荚。从坟堆后面慢吞吞走过来一个人。

这个人，急速改变了刘美丽人生轨迹。

这个蓬头垢面的老男人，一脸漆黑，身上用树枝和藤条绑着破衣和破袄，背后和胸前吊着几个高低不一的袋子，有塑料的，有布的，还有硬梆梆的纸做的，身上正在不断地掉棉絮，并飞舞着各种苍蝇和蚊子。这个男人一手拄着一支木头做的拐棍，一手拿着一只补过的碗，穿过一座坟，两座坟，三座坟，四座坟，五座坟，六座坟，缓缓地来到朱家门口。他像外星人和太空战士一样充满了神奇。

这个肮脏的乞丐，伸出他的那只破碗，久久地呈在刘美丽的面前，只在喉咙里嘟哝了一句"你好"，便再也什么话都不说。

刘美丽用木饭勺舀来一勺黄豆的时候，她惊奇地发现，眼前的这个乞丐，竟是隔壁走失了很久的二大爷。坐卧桶的二大爷，抽水烟的二大爷，眯着眼睛到处转悠的二大爷，被三个儿媳赶出家门到处寻找三个鸡蛋的二大爷。

刘美丽的眼睛里哗哗地流着眼泪，她准备把那勺黄豆倒进二大爷的众多口袋的其中一只。

她摇着二大爷的胳膊，将她嘶嘶嘶的嘴巴对着二大爷的耳朵，哭着说："二大爷，二大爷，你不认识我了吗？我是朱解放的媳妇，我是刘美丽啊。"

眼睛呆滞、动作缓慢的二大爷，似乎领悟了好半天，突然裂开嘴嘿嘿笑了，张开没有牙齿的瘪嘴，随口念道："马王村里好多花，最好一朵在朱家，打马接来朱家女，老娘老爹笑脱牙……"

他念得比朱小路好听，他摇头晃脑，乱蓬蓬的头发飞来飞去。念完这一句，他慢慢地撑起拐棍，慢慢地站起身来，慢慢地向禾场外走去。

刘美丽追上前去，追到他的耳朵旁，嘶嘶嘶地问他："黄豆你不要了吗？是黄豆呢。"

二大爷头也没回地往那一组坟堆后面走去，只听到他嘴里仍在念叨："老娘老爹笑脱牙……老娘老爹笑脱牙……"

整个下午，刘美丽坐在家门口，摇动着那只破竹棒，不停地流眼泪。她的眼前一会儿出现坐卧桶、抽水烟的二大爷，一会儿出现拄拐棍、背袋子的二大爷，两个二大爷不停地在她眼前打架。

第二天早上，朱春红叫她吃早饭的时候，刘美丽仍然在床上躺着。朱春红摇动着刘美丽。刘美丽问："天，已经亮了吗？"

朱春红对她说："是啊，该起床吃早饭了。"

躺在床上的刘美丽缓缓地说："哦，我的眼睛瞎了。"

当天下午，阳光和煦，瞎眼的刘美丽拄着一支拐棍，紧随着二大爷离开的方向，出走了。

也正是那天下午，朱小路在回家的路上，准备和马胜利钻进一家橘园，去偷摘几只亮晶晶的橘子。他们眼馋这片橘园的橘子已经很久很久了。他们很轻松地从路旁的水沟里跳下去，猫进橘子树下。

朱小路摘第六个橘子的时候，橘林里开始惊起狗吠声。几只大黄狗猛地钻出来，吓得朱小路连滚带爬，急着往水沟上跳。

一条恶狗咬住了他的小腿，吓得惊慌失措的朱小路，立刻尿湿了裤子。他哭着扯着爬到水沟里时,脚上的布鞋早已经丢失在草丛里,那条摆着一队补丁的裤子,被咬成了一条裙子。

一脸惊恐的朱小路,不知道他的双腿汩汩地流着血。他躲在干涸的水沟里,匍匐着爬行了几十米,水沟两旁的杂草都染成了一丛丛的红色。

正当他筋疲力尽时,戴着草帽的马大虎突然像一面巨大的墙,出现在水沟上方,他的阴影几乎要把所有的夕阳都遮住。

他一伸手,就把朱小路从水沟里拎了起来,用一条汗巾系住了他汩汩往外流血的腿。

马大虎摘下草帽扇着风,似乎有些生气地说:"你不要命了?你赶紧回家去吧,你妈和二大爷私奔了!"

朱小路忍住痛,怒骂道:"你胡说!"

回到家里的朱小路,首先耀武扬威地从帆布书包里掏出六个橘子,一一摆在桌子上。六个又大又圆的橘子亮晶晶的,一字排开,就像六只肥胖的企鹅,高傲而幸福地闪烁着诱人的光芒。

但朱小路的三个姐姐却并没有一拥而上,将它们瓜分。姐姐们静静地坐在一起,什么话也不说。

朱小路拖着那条被狗咬伤的腿,将三个橘子分到三个姐姐手里,可爱地笑着:"姐姐,姐姐,你们吃啊。"

三个姐姐都将橘子放回了桌子上。这时候,沉默的大姐朱春红说话了:"朱小路,我们没有妈妈了。"

朱小路这时才发现,白头发的刘美丽的确早已经没坐在门口了,她那条破竹棒仍然安详地躺在那儿。

大姐一个人嘤嘤地哭了起来。二姐和三姐也哭了起来。

朱小路趴在桌子上，也哭了起来。他哭着说："刘美丽，你怎么不等到我送橘子来啊！"

三个女孩和一个男孩越哭越凶。

桌子上放着的六只亮晶晶的橘子，听着他们的哭声，很安详地静默着。

首先停下哭泣的是大姐朱春红，她发现了朱小路腿上绑着白毛巾，残留着没有洗干净的血迹。

她搂起朱小路支离破碎的裤子，扯开毛巾，看见狗牙啃破的六个绯红鲜艳的洞，仍然在缓缓地流着血。她捂着洞说："你去偷橘子了吧？"

朱春红二话没说，收住哭泣，扛起朱小路，踏着月色直奔王老太婆家。

那一夜，王老太婆的二两红糖敷在朱小路腿上的六个破洞上，让他在床上辗转反复了整整一夜。

刘美丽的出走，在村里荡起了轩然大波，人们纷纷传言：

"刘美丽和讨米回来的二大爷私奔了！"

"刘美丽觉得二大爷讨米很风光！"

后来，朱小路在路上再次遇到马大虎时，他一伸手拦住了他。

朱小路气鼓鼓地质问道："马大虎你为什么不拖住刘美丽！"

马大虎叹了口气："我一直追啊追，他们翻过后山，一眨眼就好像消失了，二大爷不是二大爷，简直是个神，带她去过好日子了……"

气呼呼的朱小路朝他鞋子上吐了很大一口口水，气愤地走开了。

一直依靠刘美丽主导并维持生计的朱家,突然像一台破风车,散了架。

从此后,人们看到大姐朱春红扛着一只大木盆,每天大清早便走到镇子上去,挨家挨户地敲门:"你们家今天有要洗的衣服吗?一件衣服五分钱。"

还没睁开眼睛的小镇,人们披着衣服打开店铺的门,看见一个没有头的人,露出瘦削有力的肩膀,吓得浑身发抖,立刻从梦中醒了过来。他们抹眼睛一看,原来是有人把一只木盆翻过来扛在肩膀上,头也埋进了木盆里。

被吓醒的店铺老板敲着木盆的底,打着哈欠问:"你到底是谁呀?"

朱春红把木盆放下来,人们就看见了一张月季花一般鲜艳的脸。她脸上的每个部位都是亲切微笑着的,还带着露水,充满朝气和活力,令人不忍拒绝。

洗衣女朱春红马上在小镇上名声鹊起。连带她的故事,被小镇人们口口相传。

朱春红从此成了镇上的常客,她每天早上反顶木盆出去,每天傍晚顺顶着木盆回来——她的木盆里已经装了好多好东西:有小饭店老板给她的几个没卖完的馒头、有裁缝铺老板给她的旧针线、有磨损了的塑料水枪、有已经磨得很薄的背心和土灰色的衣裤……

她的妹妹和弟弟把这些都当作宝贝。他们每天最期待的时刻,就是夕阳西下,朱春红从村口那座老石桥上走过来的时候。为了这个时刻,他们每个人能激动整整一天。集中精神、全神贯注等着这幸福一刻的到来。

他们踮着脚尖、睁大眼睛,看见朱春红走上桥时,一刹那间,整座桥都无比光辉灿烂起来。身披晚霞的朱春红,好像是花仙子降临人世,金光闪闪,甜蜜微笑,魅力非凡。他们将花仙子迎进屋里,然后开始在木盆里翻找着自己喜欢的东西,他们像发现新大陆一样,对小镇人们馈赠的每件礼物都惊喜异常。

朱小路包着破损的玩具,吸着长长的鼻涕说:"这些玩具以后全部留给我儿子。"

他的三个姐姐就全都笑了,笑得整个泥巴房子里温暖如春。一入夜,朱家烤馒头的香味就飘逸起来,浮在夜空里,久久不愿散去……

这一天,朱家三个孩子站在村口,巴望着那座石桥,他们始终没有等来扛着木盆的朱春红。

正当三个孩子着急得不行的时候,一阵自行车铃声从桥那头响起,他们看到一个骑自行车的愣头青笑嘻嘻地向他们驶过来,还在不停地挥手致意。

那辆摇摇晃晃的自行车扭着轮胎过了老石桥,一下扭进了旁边的稻田里。秋天的稻田已经收割,田里没有水,只剩下一层干稻桩。两个人倒在了稻桩上。

朱家三个孩子终于看清,他们美丽潇洒大方动人、像花仙子一样飘逸的姐姐朱春红,就坐在这辆自行车的后座。刚才车子开进稻田的时候,她也从后座摔了下来,倒在了那愣头青身上。

田野里扑腾起好爽朗的一阵笑声。在初秋的夕阳里,这笑声暖和又多情。

朱小路后来才知道，这愣头青是镇上修自行车的，别人都喊他外号杨二。

从此以后，朱家的气氛就浓烈多了，杨二那歪歪扭扭的自行车总是能让全家人的笑声飞扬起来。他们围着自行车在禾场上转圈圈，一圈又一圈，一弯又一弯。

杨二的脖子很长，露出衣领好长一截，而他的头发又总是剃成一个壶盖样子，因此远远看着好像打着一盏灯笼，又像一根棒槌。每次他剃完头发，头顶上的毛似乎丝毫未动，而耳朵两旁则像洒了除草剂，刮得露出青皮。

每当这时候，朱春红总摸着他的头，笑着说："你也总该把头顶上剃掉一些啊。"

憨笑着的杨二摇摇脑袋，头发飘来飘去，他说："你不懂，城里人现在流行留长发。这叫帅！"

一家人全部笑了。

这一天，朱小路放学回家，被马胜利拖着去偷玉米。那是一块无边无垠的玉米地，一家连着一家的，实际上也用不着偷。只是他们吃惯了偷食，只要一天不偷瓜窃果，吃什么都不觉得香。

他们小心翼翼地猫进那一望无际的玉米地，入秋的玉米早已经不是夏天的那么鲜嫩了，但刚好颗粒饱满，用枯黄的稻草一烧，香味能飘到天宫去，把玉帝老儿都羡出口水来。

朱小路和马胜利就是这么患了妄想症一般，流着口水走进玉米地的,他们似乎早已经闻到了稻草慢慢熏烧起来,玉米棒子的香味正四处飞扬。但他们这天手气特别不好,玉米地四周的玉米棒子已经被人剥得只剩下光秃秃的杆子,偶尔留下一只残余,掰下来一看,竟是空瘪的。再掰一只,颗粒饱满,兴奋的朱小路使劲一咬,竟然把那颗早已经摇摇晃晃的门牙给咬掉了,玉米却丝毫没咬动。

朱小路恨得啪地一声将那根老玉米摔在地上,吐了一口血水,说:"呸呸呸,这老货!比石头还硬!"

马胜利笑得好半天喘不过气来。朱小路从土里将那颗门牙捡起来,斜视了一眼幸灾乐祸的马胜利。

马胜利笑着说:"你以为那是颗象牙啊,还拿回去镶上啊?"

朱小路一点不在意他的话,径直把牙齿放进书包里:"上面的牙齿要扔在门缝里,下面的牙齿要扔在屋顶上。你懂个屁!这是刘美丽说的。"

吐着血水,肿着嘴唇,狠狠吸着鼻涕的朱小路和马胜利继续肩并肩朝玉米地的深处走去。

他们像两只麻雀一样,在地里一跳一跳地穿梭着那浓密的玉米秆子把他们紧紧包裹住,温暖着,包容着,赐予他们愉悦和欢喜。

两人越走越深,突然,他们感到玉米地里正猛烈地抖动着,在不远处,像有两头大象在搏斗。搏斗掀起一阵阵巨大的波澜,摇动着玉米秆子,摇动着天空,气势汹汹,天崩地裂。

他们惊恐地听着这一切,摒住呼吸,随着这骇人的声音,慢慢地拨开一排排玉米秆子。他们终于看清楚了,在这块玉米地中间,好大一块玉米秆被扫倒在地,两个人正在天翻地覆,忘情地扭在一起。

这两段赤裸的白肉，被阳光照耀着，反射出两道白光，疯狂地撞击着泥土，疯狂地撕扯着玉米秆。

他们像两个工作认真的打铁师傅，敲击着这片天和地，又像两个锅炉工，把这块天空烧得通红透亮，接近熔化……

朱小路和马胜利被这场面惊呆了，久久没回过神来。

这时候，朱小路在两人急速的移形换影中终于看清，那个骑在上面，正在疯狂挂挡，甩着湿发，挺着坚韧前胸的女人，正是他亲爱的大姐朱春红。而在她底下那个留着锅盖头、头皮刮得泛青的男人，不是杨二又是谁？

这时候的朱小路，突然一下想起，那个躲在枇杷林里的夜晚，不正是这两人吗？那时候，他们也该是在疯狂地搏斗，一切都没变，只是环境变了：枇杷林里是那一轮冷白的月光，玉米地里是这一盏耀眼的太阳。

朱小路猛地拨开玉米，冲到姐姐面前，提着还未打鸣的公鸡嗓子大叫道："朱春红！"

"杨二！"

两个正在辛勤奋战的年轻人吓了一大跳，他们突然停了下来，像两列开到悬崖边上火车，差一秒钟就要掉下去的时候，被命令紧急刹车。

他们不知所措地看着朱小路和马胜利突然逼近，他们热烈的身体仿佛突遭冰封，开始发抖。等朱春红猛然醒悟过来的时候，她一下躲到杨二的背后，开始拼命地穿衣服。

朱小路和马胜利朝杨二扔土块:"你这个坏家伙!"然后吐唾沫,"你真不害臊!"

看着朱春红穿好了衣服,马胜利一把将杨二的衣服拿到了手里,他兴奋地笑着:"看你还敢打我姐姐!看你害不害臊!"

像一块石头的杨二,头上像锅盖一样的长头发湿漉漉地搭着,看到衣服被拿,他一个箭步跑上去抢,一起身让两个孩子看到了乌黑发亮的下身,那里像有一只老乌龟趴着。他们惊叫了一声,睁大了眼睛看着雄壮的杨二,就要冲他们袭来。他们吓得拔腿就跑。

愤怒的杨二急着要追出去,被身后的朱春红死死地拉住,这时候,他才发现自己光着黑实的身体,一丝不挂,一丛茂密的毛发正被玉米地里的清风吹得猎猎飞扬。他用手捂住那只乌龟,挣脱朱春红,怒吼一声:"你们快站住!"然后如猛虎下山一样追了出去。

两个孩子从来没看到穿得整整齐齐、骑着自行车的杨二如此神勇,他们吓得魂飞魄散,撒丫子便没命地飞奔起来。他们穿过一株又一株玉米,被杂草和土块绊得不时摔倒,手上被刮出了一道道血痕,身上沾满了各种草籽和野花。他们不知道,追赶他们的杨二,刚一起身便被一枚玉米桩给扎了脚,早已痛得倒在地上,无暇他顾。

那个热气腾腾的下午,朱小路和马胜利,这两个六七岁的小鬼,跑得气喘吁吁,脸部麻木,手脚抽筋。他们跑出玉米地时,还在不断地翻白眼。

他们看看渐渐要落下去的太阳,抹抹头上的汗,开始坐在路边清理战利品。杨二的衣服口袋里根本没钱,只有一包软趴趴的香烟,还有一支塑料打火机,上面画着一个外国女郎,他们对此爱不释手,轮流把玩。

他们从香烟盒里摸出两支烟,用那枚打火机哧溜一声点燃,然后装模作样、摇头晃脑地吸起来。样子很神气。

从地里锄土回家的村民们,经过尘土飞扬的玉米路,看到这两个孩子学着大人样,一口接一口地抽烟。他们就笑了。

有人笑嘻嘻地问:"你们两兄弟在抽烟呢,这烟是偷的吧?"

"胡说!"马胜利坚决反对污蔑。

"没错,肯定是偷的你们的爸爸马大虎的烟。"

"这是我们缴获的!是坏人杨二的烟。"朱小路一脸憋得通红。

"哦,是杨二的烟。"这些人不再谈论烟的话题,他们开始饶有兴致地指点着朱小路和马胜利,笑着说,"你看你看,马大虎的两个儿子,你看那眼睛,那眉头,那嘴巴……啧啧,真是一个模子里倒出来的啊!"

马胜利一点儿也不想理睬他们的话,他把杨二的几件衣服用玉米秆子挑起来,撑起来蹦蹦跳跳地回家去,他一边走一边唱着:"马王村里好多花,最好一朵在朱家,打马接来朱家女,老娘老爹笑脱牙……"

好奇的人们跟在他后面,一边走一边逗他:"你看见坏家伙杨二了?我才不信呢!"

马胜利一脸憋得通红,"我看见了,我当然看见了。"

"杨二长什么样子?"

马胜利急得嘴巴不听使唤,"杨二黑得像乌鸦,杨二浑身光光的!我什么都看见了。"

人们便一阵轰笑,接着追问:"如果你知道他和什么人在玉米地里,我们就相信你看到了杨二。"

"是朱春红!我保证看见了,是朱春红!"马胜利脱口而出,"他们脱得光光的,在玉米地里打架,打得好凶。"

人们笑得更厉害了,有人接着说:"那我知道了,肯定是你和朱小路一起,把朱春红救了。你们真是英雄救美呢。"

那个下午,马胜利被一群大人哄得好高兴。他们热热闹闹地走在回家的路上,笑声不断,掌声不断,喝彩声一浪高过一浪。马胜利用玉米秆子举着那几件衣服,像一位将军举着敌人的脑袋,雄赳赳气昂昂地和大队人马分开,这时他才发现,那包香烟已经分发完了。

朱小路分到手的是一只画着外国女郎的塑料打火机。他看看打火机,他越看越觉得神奇,越看越觉得漂亮,越看越舍不得这枚打火机。

朱春红一直等到晚上才悄悄地回家,因为杨二浑身光溜溜的,天没黑不敢走出玉米地半步。等到天黑下来,光屁股的杨二绑上两片芭蕉叶,推起那辆破单车,踩得飞了起来,一直飞到镇上去。沿路一些走到大树底下纳凉的老头,看见一团青白的影子唆地一声穿过他们身旁,吓得差点翘掉了嘴上的烟杆,纷纷说:"呀,我看到哪吒三太子踩着风火轮飞过去啦!"

回到家的朱春红把头发整理得一丝不苟,仿佛什么事情也没有发生过,而朱小路早已经握着那只打火机睡着了。

从此后,村子里一直浸泡在一种兴奋而暧昧的气氛里。

人们在路上，在树底下，在厨房边，在饭桌上，谈论得最多的就是杨二和朱春红在一起疯狂的细节。

"前天我看到那块玉米地了，周围一亩多玉米都让他们糟蹋了，那个劲头啊……"

"我说朱春红，怎么每天春光满面，原来是被人动过了……啧啧，她可真是马王村的一枝花呀……"

白天遇到朱春红，他们总会找机会跟在她背后，一边笑个不停地吞口水，一边指指点点窃窃私语：

"你看那屁股！"

"你看那胸脯！"

"你看那身段！"

"搂着肯定舒服！"

听到议论的朱春红回过头来，尴尬地想对这些年轻男人们笑一笑。但他们跑得比兔子还快，扛着锄头眨眼就溜到地里去了。

"唉，多好的姑娘啊。"

"唉，怎么跟了杨二那狗日的。"

"唉，可惜她是破鞋了。"

朱春红感到特别悲伤，村里的年轻男人们以前并不是这样的，他们看到朱春红，会马上赶到她身边来，逗着她说笑话，立刻抢着帮她扛东西，还有意无意地碰碰她的手。朱春红只用对他们笑一笑，他们便会神魂颠倒。他们从来不敢对朱春红有非分之想，从来不敢在她面前说粗话，更别说在背后轻视她了。

而现在，他们发现，朱春红也不过是一个女人，一个和男人上过床的女人,一个在他们思想里不干净的女人,并不是他们此前想象中的女神,他们开始肆意地在脑袋里蹂躏朱春红。

就在村里所有人都在刮风一样传说朱春红多么风流的时候,顶着一脑袋帅气长发的杨二,却好像突然消失了一般,再也没在村口出现。

一天,朱小路一边坐在门槛上玩着打火机,一边说:"朱春红,你告诉我,杨二为什么没来呢?"

朱春红愣了好半天,说:"我怎么知道……他好像到很远的南方打工去了……"

一脸得意的朱小路又说:"是不是因为你们在玉米地里乱搞?"

朱春红气得脸都白了,她没想到才六岁的朱小路突然说她"乱搞",她冲着朱小路的屁股就是几巴掌,把他揍得哇哇大哭。

朱小路一边流着鼻涕哭着,一边大声喊冤:"他们都说你们乱搞!你们搞破鞋!又不是我说的!"

朱春红气得眼睛一红,眼泪就不争气地流了出来,她丢下朱小路,一个人坐在泥巴墙边,哭得伤心欲绝。

看到姐姐哭了,朱小路摸着屁股走过去,抱着她的腿说:"姐姐,你别哭了,你揍我屁股吧。我让你揍。"

从那以后,杨二真的没在村里露面了,他那一头标志性的锅盖状的长发,再也没在村里飞扬过。而开朗爱笑的朱春红,也开始变得分外沉默,她骑着杨二留下来的那辆自行车,静悄悄地往返在小镇与村子之间。她的车后座上,驮着那只大木盆。

晚霞依然映着她美丽的脸颊,照耀着她像燕子般轻灵的身体。

10.
一个武林高手的突然降临

太阳升起又落下，落下又升起，树叶枯了又黄，黄了又枯，一年又一年，日子轻快地走过村子。这一年的朱小路已经八岁了。

八岁的朱小路比以前更遭人厌，俗话说，七岁八岁狗也嫌。朱小路属于对什么都淘气的那类孩子。他已经读小学了，而三姐朱小红进了镇里的中学，姐弟俩分开了，给了朱小路更大的空间，去发挥他作恶多端的聪明才智。

这一天，朱小路和朱小红要分头去学校报名了。

十三岁的朱小红穿得整整齐齐，而朱小路还在不停地打哈欠。

大姐朱春红坐在桌边，给每个人舀好一碗玉米糊。她说话了："你们两个今天只能一个去上学。"

朱小路喝着糊糊，抽空抬起头来，问："为什么？"

他看看大姐，大姐说完这话后便开始喝糊糊了，他再看看二姐，从小只学过插秧和种田的二姐似乎什么都与她无关。他又看看三姐，三姐眼眶里早就噙满了泪花。

那样一个清晨,阳光像金枪鱼穿进泥巴墙,游离在这间矮小的屋子里。这个穿着补丁衣服的十三岁女孩,这个倔强性格中已经掩映不住几分清秀的初中生,开始明白她的学生生涯即将结束。

她预料到这一天的到来已经很久很久,从小学五年级开始,她的学费便一直拖欠着,每回期末考试来临,她不用走进教室,老师便让她掉头回家拿学费。她自己也弄不明白,每一次到底是怎么糊弄过去,然后顺利参加考试,然后又顺利拿到第一名的。

她对第一的这种感觉如此强烈。很小的时候,拿到第一个奖状,她跌跌撞撞地往家里跑,风吹过她的耳畔,周围的大树猛烈地向她身后跃过,跑过一声声狗叫,跑过一声声牛哞,跑在青草泛起翠绿的小路上,隔着一公里,她便开始带着笑声和呼哧呼哧的喘气声大喊:"娘,娘,我考了第一名!"

刘美丽总是那样看着她,看着她跑过门前一座坟,两座坟,三座坟,四座坟,五座坟,六座坟,然后笑得皱纹都摞成一堆堆的。

有一个傍晚,从山上采茶归来的刘美丽,晚饭没吃,却背着二十多斤新鲜茶叶,走了几十里山路,摸黑赶到茶厂去卖茶。因为过了那一晚,茶叶的收市价格就要在原来四毛六分钱一公斤的基础上,降低三分钱。

那个漆黑的夜晚,从很远的地方传来狗叫声的时候,朱小红便开始带着哭腔朝外奔跑。当她和姐姐们把刘美丽迎进屋的时候,一脸茶绿色的刘美丽,发白的头发上还沾着点点的茶蕊,穿着一双破烂布鞋的双脚,五个脚趾头被模糊的血肉粘在一起。三姐妹打来热水,却不敢给她泡脚。刘美丽掏出扎在腰间的那四块六毛钱,忍着疼痛笑得很绚烂:"对老师说,剩下的一块四毛钱,等收了豆子,咱交十斤干豆。"

……

一口饭也吃不下的朱小红,看看大姐朱春红,又看看二姐朱秋红。

大姐一直在喝着玉米糊糊,一身破旧衣服丝毫不能掩饰她的修长身材,眼神里更多了几分妩媚。

二姐不习惯多说话,没有读过一天书的她,十六岁的年纪早已经晒得浑身黝黑,手臂和腿肚上全是一块块肌肉。她光着双脚,扛着锄头,一颤一颤地走在田埂上,任凭任何男人出语调戏,她也一言不发。

朱小路也抬起头来,看看她亲爱的三个姐姐,他这时候是如此的乖巧和可爱。他看到朱小红眼里噙着泪水,便说:"三姐负责读书吧,让我去给朱春红背木盆。"

朱春红放下碗筷,抬起她美丽的大眼睛,说:"朱小红已经读了小学,已经认得很多字了,不会走错男女厕所了,也认得钱了,这就够了。"

"朱小路你要好好读书,不准你再去偷玉米了,也不许你偷枇杷和黄瓜,等你长大了,你就去放牛。"

从这一天起,朱家的生活进行了一场史无前例的重大变革。十三岁的朱小红接替了大姐朱春红的班,开始每天扛着木盆,去到镇上给店铺老板洗衣服。而朱春红,坐上开到镇子里来的一辆高大雄伟的汽车,追随着杨二的脚步,到很远很远很远的南方打工去了。

朱小路看着那辆汽车,一点儿也不理解朱春红为什么突然要离开他,到很远很远很远很远的南方去。

他攀着大姐白皙修长的脖子问:"你是不是要嫁给杨二了?"

朱春红的脸一下变得通红:"胡说!"

朱小路急得大吵大嚷:"我没胡说!我没胡说!别人都这么说的!朱春红没良心,有了男人就不管弟弟妹妹。"

朱春红的脸胀得通红,她急得差点要哭出来,"朱小路,好朱小路,别听村里那些坏人的话,他们都是坏家伙。姐姐打工了挣钱给你读书,给你买好多好东西。"

朱春红真的走了,朱小路看着那辆像怪物一样庞大的汽车慢吞吞地摇晃着开出小镇,他忍不住哭了起来:"朱春红,呜呜……你这个没良心的。呜呜……你的围巾还没带走呢。你的雪花膏还没带走呢。呜呜……"

十三岁的朱小红开始领导朱家。这个从小就倔强到底的小女孩,已经开始听到骨头在拔节。晚上躺在床上,她听到浑身咔嚓咔嚓地响,她的头发还带着一点点青黄的颜色,但脸蛋已经开始展开,像一枚正在伸懒腰的莲蓬,开始褪去青涩,变得鲜艳。

她雷厉风行的作风和泼辣的性格,已经远近闻名。

有年轻男人开始触近她,借助帮她扛木盆的机会,故意摸摸她的手,碰碰她的胸。此时此刻,他们无一不想起了美丽温柔的朱春红,想起她轻巧地避开男人们的手,轻巧的微笑。

但他们却栽在朱小红手里了。还没有完全褪去黑色的朱小红,根本没理解到男人正在故意占她便宜。当心有不甘的男人们加大动作幅度、露出一脸怪笑的时候,冷冰冰的朱小红开始破口大骂:"回去摸你家母猪去！"

于是，村里的人们开始认识了一个冷冰冰的朱小红。男人女人们纷纷议论：

"哎呀，不得了呢，朱家那个三妹子是个辣货呢。"

"哎哟，那个掉进粪缸里的丫头，现在真是凶得老虎死呢。"

"哎嗨，朱小红只怕比她大姐还要漂亮些呢，不过这么泼的女人，以后怎么嫁人呀。"

泼辣的朱小红，开始全村闻名，但小小年纪的她，却把一家三口人的生活安排得井井有条。她把家里重新布置了一番，让朱小路单独住了朱春红的房间，自己和一头虱子的朱秋红住在一起。她每天出门要把三间泥巴房打扫一次，回来又要扫一次。她给锄土的朱秋红送水，也给上学的朱小路送饭。她把每一顿饭菜都做得喷喷香，让香味久久地飘浮在村子的上空，让每个晚归的人流着口水经过她的门前，不住地啧啧赞叹。

这天，刚刚放学，从河湾里掏鸟窝回来的朱小路，突然被人拍了一下肩膀。朱小路回过头来，看到了一个脸色黑得像煤炭一样的男人，他的两只眼睛的眼白很突出地来回移动着。这个满嘴胡须，眼窝深陷，瘦弱得像个鸦片鬼的男人，又拍了一下朱小路，面无表情地问："朱未来——你认识吗？"

朱小路吓得把一只鸟蛋掉在了地上，他的嘴巴半天没合拢。他从来没看到过这么漆黑的男人，像是刚从地狱里钻出来的幽灵，又像是王老太婆嘴里的饿死鬼，他吓得浑身起了鸡皮疙瘩，忍不住手心有些颤抖。

他结结巴巴地说:"我我我不认识朱朱朱未来。"

他粗糙的手抓住朱小路的肩膀:"你真不认识朱未来吗?你有没有同学叫朱未来?"

朱小路直摇头。

那男人说:"哦。"然后,脚步蹒跚地离去,像一头快要病死的老水牛。他提着一只洗得发白的帆布包,有颗红色的五角星晃来晃去。

朱小路瞄了他半天,看着他远去,提提了神,这才痛恨无比地骂道:"黑死鬼,害死了我的一只鸟。"

他说的那只"鸟"其实是那枚不小心掉在地上、摔碎了的鸟蛋。

刚刚,朱小路看到那枚鸟蛋啪地一声碎在了地上,却吓得一声也不敢吭。这个骨瘦如柴的男人,询问他的时候,眼睛像钉子一样钉着他。

一直躲在大树背后的马大虎这时候钻了出来,摸摸朱小路的头,说:"孩子,不用怕,他不是坏人。"

朱小路一扭头挣脱他粗糙的大手,恶狠狠地白了他一眼,道:"关你鸟事!"

傍晚时,朱家的炊烟开始袅袅升起,身体已经开始像油菜花一样凶猛抽穗的朱小红,掌控着朱家的锅铲,把青菜和青豆炒得活蹦乱跳,欢快不已。

卷着裤管的朱秋红也回家了,个子矮胖的她放下锄头,洗净宽大的脚板,开始坐在椅子上享受一天来难得的休闲时光。青菜和青豆的香味扑进她的鼻孔,惹得她的肚子开始发出鸽子一样的咕咕叫声。她一连打了十多个喷嚏,像放炮仗一样,一个接一个,排着队伍般爆炸而出,喷得整个下巴都是口水。

就在她用衣袖擦完口水,抬起头来的时候,她看到了熹微的暮色里,一个提包男人的身影出现在门口。屋里的电灯没亮,屋外的暮色渐稠。她看不清这男人的面目,那片身影却笼罩在整个门口,好像是一幅模糊了眼睛鼻子的人物画,又好像一头经过了长途跋涉身心俱疲的流浪狗。

朱秋红被这个新鲜的身影吓得打了个冷战。

那个身影走进了屋子,立在她的面前。

朱小路已经吓得爬进了桌子底下,任凭心脏狂乱地跳动着,他睁大两颗黑眼珠,看着那团黑影的一举一动。

朱小红也停下了手里的锅铲,她大声地问:"你是干什么的?"

她这句话使了很大的劲儿,以显示出她的威严与镇定,好稳定住身上渐起的鸡皮疙瘩。

男人走到离朱秋红一尺远的地方,停了下来,定定地看着朱秋红。朱秋红也壮着胆子,开始打量这个男人的眉眼。

泥巴屋子里静得可以听到三个孩子的呼吸声。

朱小红已经握紧了那枚锅铲,随时准备着,只要稍有不对劲的地方,她便会迎头一击,抢先突袭这个恐怖的入侵者。

突然,朱秋红爆发出一声干哑得仿佛被撕裂的喊声:"爸——"

她回过头来,以从未有的激动和颤抖的声音说:"是爸爸回来了!"

"朱小红,朱小路,是爸爸,你们快出来吧。"

朱小红以最快的速度围过去,十三岁的她几乎已经完全不记得朱解放的模样了,但她看着眼前这个黑瘦的男人,心头还是涌起了无比激动和欢欣的浪花。

年纪稍微大一点儿的朱秋红,早已经扑进朱解放的怀里。她尖利的哭腔仿佛一道开闸的洪水,以从来没有过的汹涌澎湃,冲向这个男人。

朱解放放下手中的帆布包,以一种冷静而倦怠的声音问:"朱未来呢?"

朱小红把朱小路从桌子底下拖出来,拖到朱解放身边,说:"他不叫朱未来,他叫朱小路。"

朱解放的两颗眼珠像钉子一样钉着朱小路。朱小路的两行鼻涕一直挂在鼻孔下面,正在缓缓向下发展,他屏住呼吸,不敢出一丝声音,不敢吸鼻涕,睁大眼睛看着这个陌生的"爸爸"。

那个他曾经无数次捶打着刘美丽追问过的"爸爸",现在终于出现在他面前,他却感到十分恐慌和无措。这个在村口使他打破了一枚鸟蛋的男人,始终让他觉得寒冷和神经质,像一坛已经过期的腐乳,不断地引发他身体里骚乱的真菌,使他怎么也不敢触过去。

那样一个傍晚,朱家笼罩在一种怪异的气氛中。

晚上,心里一直打鼓,腿脚有些发麻的朱小路,还是不可避免地要和爸爸同睡一个床。这个沉默得像一块石头的爸爸,让他胆战心惊,惴惴不安。他那双枯瘦的手,整个晚上一直在朱小路身体上游走。

消息传播得很快,一天之后,几乎全村的人们都知道离家出走、一直在外打工却没有消息的朱解放，回家了。

"小心点儿，别看他不说话，可凶狠着呢。"

"你看朱黑心那条有点瘸的腿没有？那就是他干的。"

"当年，他一把锄头闯天下的时候，你们都还在摸鸡屎吃呢。"

朱解放一把锄头杀出一条血路的故事，重新在村子里流传起来，尤其是在少不经事、素未谋面的年轻男人中间，朱解放开始成为一名神乎其神的黑道杀手，武器便是一把锄头。

那些精力旺盛、种田挖土之后没有什么可资娱乐的年轻男人们，开始详细转述朱解放闯荡江湖的英雄事迹：朱解放当年豪气冲天，面对气势汹汹的朱黑心，以及他请来的五个帮手，飞舞着一把挖土的锄头，使出一套"降龙伏虎锄"，连出十八锄，锄锄伤人要害，招招致人死地，把这群恶棍打翻在地，并挖下两名带头大哥腿上的血肉，准备要蒸烹煮炸煎，然后分给村民大啖。那天的村庄，天地都被鲜血染红，到处都是痛快淋漓的欢呼。最后，英雄朱解放因为要保护妻儿，中了敌人的暗器，被麻翻在地，关进了大牢……再然后，他刑满释放，远走他乡，融入滚滚的打工潮，从此消失无形，恐怕又已经练就了绝世神功……

自从各种版本的英雄外传转述之后，朱解放笼罩在一片近乎神话的氤氲之中，崇拜他的年轻男人越来越多。他们扛着锄头经过朱家时，总要以一种饱满的热情和充满江湖侠义的口吻，中气十足地喊一声："朱师傅早！"

黑黑的朱解放一脸错愕地看着这些扛着一把锄头，有意无意露出臂膀和胸大肌的年轻男人，看着他们在阳光下微笑，在微笑里虔诚。冷冰冰的朱解放总是一言不发,看看他们,然后又低下头去,安静地扯着自家禾场上茂盛的野草。

朱解放越是冷酷,越是不说话,年轻男人们的崇拜就越强烈。他们把看过的几本破烂武侠小说里的人物全都与朱解放一一做了对比,发现朱解放拥有侠客的一切素质:深藏不露、安静平和、眼光锐利、手脚急迅。

他们从每个角度都认定朱解放是一名冷酷的侠客、村庄里的第一高手。

这个黑瘦而冷漠的男人,只有他自己知道,为什么这么多年以来,他一分钱没挣到,一切只因为他出走之后,被卖进了黑砖窑,从此暗无天日。

他开始习惯每天蹲在禾场上扯草,头埋得低低的,像一只老狗,在长草丛中寻找着什么。不论烈日如炽,还是细雨如丝,不用他的两个女儿主动叫他,他总是在吃完早饭之后,蹲在禾场上,一圈一圈地扯草,他扯得不紧不慢,一声不响。蹲累了就坐,坐累了就蹲,某个时刻瞌睡来了,他能无声无息地把头埋进草丛里,立刻闭眼睡着,但任何一个细小的响动都能把他惊醒。他像一个癫痫病患者,立刻摇动脑袋,浑身抽搐,睁开两只血红的眼睛,然后接着埋头拼命工作。

朱小红和朱秋红始终无法理解,她们的爸爸为何对这块禾场如此情有独钟。等他拔完了整块禾场,而最先开始拔的地方,又已经"春风吹又生"。他则掉转头去,重新开始第二轮与野草的较量。如此一轮一轮下来,朱家的禾场被拔得像得了白癜风,又像得了脱发症，一堆堆的死草堆在禾场上，挥舞不去的苍蝇嗡嗡嗡。

这一天，朱秋红让朱解放和她一同下田。

一父一女来到稻田里的时候，惊起了周围好大一群年轻男人的眼神，"朱师傅，你也要下田啦？"

朱解放不置可否。已经像大盘菊花一样盛开着的朱秋红，笑得像一枚圆圆的火红的太阳。她一改往日的一言不发，对朱解放说："爸，我插一行稻苗，你就在我旁边插一行，照着我前后两行的距离。"

这天心情像阳光一样飞舞着的朱秋红，脸蛋被太阳照得红彤彤的，笑容始终挂在两颊。

其实仔细看来，朱秋红并不丑，甚至涵蓄着一股不被注意的美。虽然她黑实的体形显得有点臃肿，身材不高，脸盘圆满，但她笑着的时候，总露出两个深深的酒窝。她的皮肤有点黑，但很健康，光滑细腻，衬托出一嘴细密的雪白牙齿，温馨而凉爽。

阳光飞撒的朱秋红，在朱春红离家之后的寂寞小村里，此刻，也开始被男人们注意了。

男人们一边在田里劳动，一边议论：

"你看那屁股，啊哟，绝对好生养啊。"

"小心，小心哪，我看到你口水也快掉到下巴上啦……"

男人们相互取笑着，在一阵哄笑一阵喧闹中，他们快活得像没有穿衣服的孩子，他们劳动的劲头也高涨了。

"朱秋红给你做老婆，你干不干？"

"傻瓜才不干呢，那么大一个活人，比男人都能干。"

"听说大屁股生孩子最好！"

"什么好不好，再过一两年，搞不好也就去打工了，你们想都想不到了……"

这时候，正是村里的女孩子赶着去打工的高峰期，年轻的姑娘们，一群群像得了传染病，三个一伙，五个一群，仿佛成群结伴的麻雀，纷纷野心勃勃地振翅南飞。年轻的村姑走光了，然后是刚刚新婚的少妇。丰韵的少妇走光了，然后是拖着孩子的阿姨。阿姨走光了，连大妈都开始蠢蠢欲动了。

村里已经到处都是光棍，从二十岁到四十岁的男人们，整晚整晚抱着枕头睡不着觉。他们在农闲之余，将自己的满腔激情都挥洒在牌桌上，挥洒在梦想女人的过程中。他们的头脑里浑浊不堪，污秽一团，嘴巴里谈论的全是各种款式的女人。

一到过年的时候，穿得花红柳绿的女人们就回来了，她们带着各种城市里才能见到的花皮箱、金项链、猩红的口红，将小村庄打扮得花枝招展、脂粉如墙。她们的男人抓紧时间，赶在正月十五之前，抱住自己的女人，拼命地撼动乡村的夜晚，辛勤地钻墙打洞。所以，过年那几天，白天比赛的是一串串的鞭炮声，晚上比赛的是女人们幸福的呐喊。那一阵接一阵的呻吟与尖叫，交织在小村的上空，使夜晚显得无比诡异和疼痛。

……

在这个女人已近灭绝的村庄里，十六岁的朱秋红，在朱春红离开的岁月里，在朱小红才开始膨胀的日子里，勇敢地肩负起被男人目光扫射的伟大责任和雄壮使命。

她在稻田里插完整整一行的时候，挺直腰杆，抬起头，这时她才发现,朱解放早已经被她落下很远了。

她惊讶地看到,朱解放正蹲在泥巴田里,将她刚刚插好的稻苗一根根认真地拔出来。他拔得那么仔细,那么专心、刻苦、勤奋,以至一言不发,屁股上沾满了泥巴和污水,他也浑然不觉。

脸蛋像一盘大葵花的朱秋红,心里咯噔一下,仿佛有什么东西掉进了黑窟窿。她跑上前去,大声吼道:"朱解放!你干的好事!"

突然听到一声炸雷的朱解放吓得立刻双手捂住脑袋,一下倒在了泥巴田里。他嘴里不断嗫嚅着:"老板……我没偷懒……老板……我没打瞌睡……"

泥巴和污水纷纷灌进他的衣服里,他成了一个泥人,仍然浑身筛糠一般瑟瑟发抖。

周围稻田里的男人们,纷纷停下手里的活儿,抬起头来,惊奇地看着眼前这一幕,看着他们心目中的大英雄、大侠客,倒在一片泥水里,他们莫名惊诧,不知所措,深感惶恐。

过了很久,朱秋红终于把朱解放拖到了田埂上。

这时候,稻田里的年轻男人们炸开了锅。他们纷纷说:"他肯定是练功过度,走火入魔……"

他们不可能相信一个具有神奇武功、能独自一人打败五个壮汉的高手,会莫名其妙地倒在泥巴田里,因为即使是一位普通人,也不会在泥巴田里站不稳脚跟。所以,唯一的解释是朱解放练功太辛苦,有点操劳过度。

这些男人里又开始重新研讨朱解放的大侠生涯。

有人说:"你们都不知道吧。当年要枪毙朱师傅的时候,场面才叫壮观啦。一排的步枪对准他,马上要开枪了,他把裤子往上一提,把帽子往下一压,人就不见了。开步枪的人围过去一看,嘿,他原来站的那地方,就只有一身衣帽立在那里,人早就不知道跑到哪里去了……"

"那后来呢?"人们追问。

"后来?后来我怎么知道……反正是被很多人包围了,然后就被抓住了呗。"说故事的人回答道。

11.

二姐和她的历史性结巴

这时候,朱秋红背着朱解放,要回家了。这群男人里,不知道是谁说了句:"想学功夫的,快去帮忙呀!"

有个男人一边流着口水,一边结结巴巴地说:"学学学个球功功夫,还还是先先把把他背背背回去吧。"

男人们轰然大笑起来,他们纷纷回过头来,对着这个男人说:"黑狗子,你快去背呀。"

"黑狗子,这是好事啊,师傅和老婆一块儿找到了。"

黑狗子的那张漆黑的脸刹那间憋得黑里发紫,紫里泛红,他一张嘴就不知不觉地往下掉口水,严重的口吃让他说话总是不齐整,他说:"你们都都都是一些老老老流氓!"

人群里再次发出爆炸一般的笑声,他们对着口吃的黑狗子说:"是呀是呀,我们都老了,黑狗子还好年轻呢,还是个童伢子。"

"是呀是呀,黑狗子还没结婚呢,他比我们纯洁呢。"

三十岁的黑狗子确实一直打着光棍,这个真名叫刘爱党的三十岁的小伙子，五短身材，一身漆黑，嘴唇突出，胆子很小。白天从背后叫他一声，他总是神经质地抽搐和发抖，晚上从背后叫他一声，他会头也不回，撒腿在三秒钟之内跑出七丈远。

刘爱党之所以胆子小，据说深有来历。他的爸爸常年在乡村红白喜事上写对联，他最辉煌最骄傲的是一连生了三个儿子，于是，给大儿子取名刘爱国，二儿子取名刘爱民，三儿子取名刘爱党。

刘爱党三四岁的时候，一场运动在小村里刮起飓风，木头做的电线杆子上有广播整天高声叫喊，各种红白大字报贴满了村委会的泥巴墙，甚至毛棚厕所也未能幸免。

写毛笔字的老刘同志，就是在这个时候遭了难。

这一天，一群臂戴红袖章、身穿咔叽布的年轻人冲进了刘家，他们气势汹汹地质问："你一直还念念不忘国民党？"

老刘吓得一脸惨白，不过他自认为会写毛笔字，沾得几分文气，因此不会把自己怎样，当下微笑以对，"怎么会呢，我们家世代都是贫农，与国民党一点关系都没有啊。"

一个领头的一把抓住老刘的衣领，很响亮地抽了他一巴掌，倒竖着眉毛叫道："你还敢笑！你还不认罪！你三个儿子都叫什么？爱国、爱民、爱党，合在一起不就是'爱国民党'？狐狸再狡猾，也有露出狐狸尾巴的时候！"

一群人马上上前一顿拳打脚踢。从此后，老刘成了村里首例重点批判对象，荒寂的小村里开始沉浸在一种热烈非凡的气氛中。人们拿起烧火棍、拿起扫帚、拿起钉耙和锄头，举起锅铲、举起木瓢、举起镰刀和火钳，像赶集一样游到宽大的平地上，举行隆重的集会。

他们与参加一场巨星演唱会的年轻人毫无两样,激情澎湃、斗志昂扬、高呼口号,只是手中挥舞的道具不是荧光棒,口里喊着的口号不是"我爱你"。但他们的情绪是一致的——激动、激烈。一种热血脉动让他们的这种情绪得以最高潮的发挥和享受。

会写毛笔字的老刘成了那个年代里众人瞩目的焦点,他的待遇却比后来的巨星们相差十万八千里,后来的人们把钱包和玫瑰砸向明星,那时的人们把土块、唾沫和烂萝卜砸向老刘。

可怜的老刘,本该向主办方索要出场费的,可他连一个子儿都没有,最后还被折腾得腰弯背驼,失去双腿……

刘爱党就是从那时开始长成现在模样的,几岁的他常常被大人提来提去,被人们吆喝来吆喝去,虽然他不用参加老刘的盛大演出,但他一个人在灰尘飞扬的土路上行走时,总不免遇到热情高涨的群众,他们的声音像是石头里炸出来的:"嗨!小叛徒,看你逃到哪里去!"

刘爱党被吓得尿了裤子,浑身发抖,说话结巴,口水流个不止。从此后,他就一直保持这种状态。老刘坚决不再叫三个儿子的真名字,他这样叫三个儿子:大黑子,二黑子,黑狗子。

后来的人们纷纷说:"黑狗子是那时候被吓破了苦胆呢。"

……

站在田埂上的黑狗子,这时没有理会那些男人们的讽刺与嘲笑,红黑着脸放下锄头,走到朱秋红面前,什么话也没说,背起了呼吸粗重、瘫倒一旁的朱解放。

这个憨实的光棍将朱解放背进朱家时,不知道该把一身泥巴和污水的朱解放放在哪里。他问:"放放放在地地上吗?"

朱秋红说:"放在桌子上吧。"

朱解放就被放在了那张摇摇晃晃的木头桌子上。两个人坐在椅子上,看看已经睡着的朱解放,又看看脸红腮红的对方,不知道该说什么。

朱家的泥巴屋子里静悄悄的,朱小红到镇子上洗衣服去了,朱小路背着书包上学去了,这两个人砰砰跳动的心,把屋子里烧得炽热异常。

黑狗子的嘴巴一张一张,口水就缓缓流淌出来了,他通红着脸,不知道该说什么。朱秋红看着黑狗子,突然很想笑,但她努力克制住了。

在那个阳光爆烈的中午,村庄里的人们都下地干活了,在朱家的泥巴屋子里,热风把一阵阵蝉鸣吹进来,带着玉米和高粱正在拔节时的丝丝甜味,带着各种花朵绽放出的淡淡清香,空气无比的干净清爽,慢慢地撩拨着一种心情和生命的律动,让人觉得浑身好像有一片盈柔的鹅毛在缓缓拂过,心里痒痒的,很舒畅,很可爱,很轻柔。

那样一个中午,朱秋红开始有点饿了,她对黑狗子说:"你晚上来我们家来吃饭吧。我们要谢谢你今天把我爸爸背回来。"

黑狗子那张黑黝黝的脸有些黑得发亮,连两边的耳朵都黑了,他一个字一个字地咬着说:"我——我一定——来。"

到了晚上,黑狗子真的到朱秋红家里去了,他穿着一件洗得灰白的中山装,一条没有沾任何泥点的灰裤子,一双只有赶集才派上用场的黄胶鞋。在夏日傍晚的蝉声中,他一边歪歪扭扭地向前走着,一边不停地回头望,像一个歪脖子小偷,尽管汗流浃背,但中山装的衣领扣得紧紧的,密不透风,牢不可破。

那一天的朱家,像过年一样,端出了半斤猪肉,一碗水豆腐,然后是炒黄豆、煮黄豆、炸黄豆、蒸黄豆,摆满了整整一桌,猪肉的香味在村子上空久久盘桓,朱小路在很远的地方飞回来的时候,就已经闻到了香味,他的口水一阵阵地涌起来,翻江倒海一般。

朱秋红和朱小红在灶门前忙得欢腾无比,等一家人端端正正地完全坐下来,他们把黑狗子拥戴在中间,像对待一名贵客一样,让他坐在重重包围之中。这时候,他们才发现,少了一个饭碗。朱家只有四个饭碗,每人一个,黑狗子的到来,打破了这个格局。最后,那只舀水的木瓢起了替补作用,成了馋嘴朱小路的饭碗。

那一天的黑狗子、朱解放以及朱秋红、朱小红两姐妹,吃得很文静。他们低着头不知道说什么话,筷子只在几只黄豆碗里蜻蜓点水,这让朱小路占了很大便宜。他一个人抱住那只圆圆的木瓢,吃得眉开眼笑、满嘴流油,他的嘴巴里包着几大块猪肉,像一个隆起的滚圆的猪屁股,已经没办法发动牙齿开展工作,筷子上却仍然夹着一块肉不放。

那个傍晚的朱小路,把肚子吃成了一只蜘蛛的肚子,他完全不知道爸爸和姐姐都在饭桌上说了什么。他躺在床上的时候,蜘蛛肚开始与他纠缠不休,他仰面躺着,那只肚子重重地压着,像一枚巨大的秤砣。他翻过身去,趴在床上,肚子就像一只吹满气的气球,被压得一颤一颤。他变换着各种姿势,也无法摆平肚子里,那些揭竿而起的猪肉和黄豆。

朱小路的额头也冒出了黄豆，那是滚滚的汗珠。睡在一旁的朱解放手足无措，他只能不停地摸着朱小路的肚子，看着儿子在床上翻来滚去。

突然，朱小路干哑地叫道："快把该死的猪肉给我掏出来！"

朱小路感到猪肉和黄豆已经冲到喉咙口了，它们风起云涌，一路奔突，寻找着出口。

朱解放把一只手伸进朱小路嘴里，但他的手太大，怎么也伸不进去，惹得朱小路使劲地骂："混蛋！混蛋！"

朱解放只能将半个拳头留在外面，两根手指伸到扁桃体的位置，一阵横挠。朱小路的肚子和喉咙像一根突然接通的水管，引起抽搐和痉挛，里面有几十只水老鼠争先恐后地奔跑而出。那一腔沾满胆汁和胃液的猪肉，喷在了朱解放手里，并且把这只手迅速地冲开。那些水老鼠汹涌而出，射出了一米多远，像一朵大盘菊花一样摊在地上，颜色鲜艳，气味扑鼻。

吐完后的朱小路，肚子终于瘪了下来，像一只空空如也的皮口袋，他终于能够安静地躺下来……

第二天上学的时候，朱小路才发现，姐姐朱秋红和黑狗子已经开始一块儿下地了。他们走在田埂上，一个黑瘦，像一把干柴，一个矮胖，像一枚成熟的柿子，阳光照在他们身上，像铺了金色的鳞片。

从此后，朱家人也开始明白，朱解放根本就不可能再学会做任何劳动，他永远只能够扯草，于是，再也不去打搅他的空间，任他胡扯一气。就这样，朱解放成了一个游神，整天到处转悠，当他走到一块野草茂密的平地里时,他就会停下脚步,开始晃晃悠悠地"工作"。

喜欢蹦蹦跳跳的朱小路,开始学会更加有趣的游戏。他和一群小孩比赛,谁能够蒙上布条走过那道没有栏杆的光棍桥,谁就负责看管偷来的红薯和黄瓜。奋勇的朱小路第一个摸索着前进,结果走到一半就掉进几丈高的水潭里,炸开水花一片,脑袋里嗡嗡嗡响个不停……

他早已经不掏鸟窝,在家里没人的日子里,他开始掏坟墓。他合着那群孩子,在家门口的那六座坟前张望,他们看到第一个坟墓,因为长期被人栓着水牛,已经被踢开了好大一个黑洞,他们从黑洞里把火钳伸进去,掏出一根白骨,他们无法预测这只骨头是腿上的还是手上的,于是大家争抢着和自己的手脚做比较。

一群孩子比画了半天,他们比画数学图形还认真,终于得出了结论:"这是一根腿上的骨头。"

正在大家玩得兴起的时候,坟墓那头响起了脚步声。这群孩子吓得扔下白骨,飞快地逃离了现场。

走过来的是朱秋红和黑狗子俩人,他们扛着锄头,像两个小偷不住地左看看右瞟瞟,一前一后穿过一座坟,两座坟,三座坟,四座坟,五座坟,六座坟,最后来到了那扇用绳子吊起来的木门前。

走在前面的朱秋红,像一朵正在夺目怒放的野菊花,在阳光下熠熠闪光,她对黑狗子招手,轻声地说:"傻瓜,我们走后门。"

于是,他们带着腿上还没来得及刮掉的泥巴,从泥巴屋的后面翻了进去。

躲在坟墓后面的朱小路,静静地看着这一切,他实在想不通,为什么朱秋红明明带着大门的钥匙,却不打开门,而选择翻墙越户。他像一只刚刨出土的红薯那样懵懂而好奇,静静地看着这两个人在阳光猛烈的下午,在村里所有人都已经下地上山的时候,悄悄地躲进这个泥巴屋子。

朱小路拿起地上的那根白骨,轻轻地接近屋子。他蹲在糊满了废纸和旧塑料的窗户底下,偷看着里面发生的一切。

屋子里的黑狗子已经脱光了衣服,三十岁的他干干瘦瘦,像一条黑泥鳅,他的嘴巴不住地颤抖,经过他努力拦截的口水,总会在瞬间爬上他的下嘴唇,呈下垂状。他只得一次次用舌头把口水舔回去,然后努力地闭一会儿嘴巴,喉头一上一下,把它们吞下肚去。他的手脚也开始发抖。

他用这双发抖的手去扯朱秋红的胸口。坐在床沿的朱秋红很配合地褪去了衣服,她像一枚被剥皮的荔枝,露出圆润的胸部和大腿,这两个平常不见光的部位,突然白灿灿地暴露在屋子里,使整个屋子都显得雪白发亮。

他们很快就连接在一起了,就像两枚接通了电源的电灯泡,开始发光发热,而黑狗子更像触电一般,不知道是在摇摆还是在颤抖。

朱小路看着这一切,心脏有点蹦起来的感觉,他慢慢明白过来,他们并非在搏斗,而是一场羞耻的战争。

朱小路再往窗户里看的时候,朱秋红和黑狗子已经接近尾声,从泥巴屋子的各个缝隙里射进去的阳光,像成千上万条金枪鱼,在飞快地摆动着尾鳍,来回游动着。两人身上爬满了黄豆大的汗珠,被金枪鱼照耀着，每一颗都春心荡漾，激情澎湃，涛声依旧。

他们压抑着自己的叫声，把那些幸福的呻吟都吞进肚子。空气中的金枪鱼显得狂躁不安，左冲右撞。

一颗颗汗珠甩得支离破碎，飞花溅玉，驱赶着空气中那些急噪的金枪鱼，使他们头尾相撞，不知道该逃往何处。这片空气的海浪开始惊涛拍岸，卷起千堆鱼。一潮一潮的浪头袭过，漫长的海岸线终于回归宁静。那些群甯不已的金枪鱼，纷纷露出了白肚皮，安静地荡漾在水波之上……

这一对在泥巴屋内引发狂暴海啸的罪魁祸首，此刻也安静地躺在鱼群与水波之中，像两只垂死的狗，任由那些波涛淌过胸怀……

过了许久，两人终于睁开眼睛，抹干身上残碎的汗珠，准备穿上衣服，继续下地干活。这时，他们发现衣服不见了。

"这这……这可是……是到哪里去……去了呢？"黑狗子浑身哆嗦着，不知道该如何是好。他急得在屋子里不停地打转。

禾场外面开始响起了一种奇怪的声音，梆梆梆，像是石头敲打着石头。朱小路提着他掏出来的那根白骨，用死人的膝盖敲打着自己的膝盖，声音很清脆响亮。他一边往家里走，一边唱道："马王村里好多花，最好一朵在朱家，打马接来朱家女，老娘老爹笑脱牙……"

房间里的两个人马上吓得不敢吱声。朱秋红眼疾手快，拿起墙角的一顶破草帽和一块烂抹布，对浑身发抖，口角流涎的黑狗子说："快，一个包头，一把包下身，你从后面瓜棚里跑吧。"

朱小路开门进屋的时候，朱秋红正在努力拉扯那件露出好长一截胳膊的外衣，因为是朱小红的衣服，所以小得使她连肚脐眼都露了出来。

那个火热的下午，在朱家泥巴屋后，一长串的南瓜棚里，一个头戴着破烂草帽，下身围着一块黑漆漆抹布的男人，大汗淋漓地穿梭着，瓜叶和瓜刺纷纷在他身体上留下记号。

直到天黑，黑狗子才走到自己家，把躺在卧榻上的老刘同志吓得魂不附体，"呀，批斗会又进村啦？！"

那天晚上，朱小路在半夜发生了状况。他浑身冒起了黄豆大的汗珠，口吐白沫，浑身抽搐，嘴巴里叽里咕噜胡言乱语。

不知所措的朱解放守在床边，一次次试图叫醒儿子，但他怎么也叫不醒，他只能看着儿子双眼紧闭，热汗滚滚，不知所以地说着梦话。

朱小路闭着眼睛说："把……我的腿还给我……"

朱解放于是摸摸他的腿，腿好端端地长在儿子身上。

"把……衣服拿开……"

朱解放于是脱掉他的衣服，热汗仍然滚滚而下。

朱小路躺在床上，任他翻来覆去，掐鼻子捏眼睛，就是不醒，就是要不断地聒噪。

那样一个躁热的夏夜，蝉鸣犹如疯人院里的歌声，朱解放急得到处叫人。人们围在朱小路床边，谁也不知道他犯了什么病。最后，披衣而来的王太婆说了句："怕是丢魂了，得罪了什么人罢，只能去收魂了。"

于是，朱家门口顷刻便点上了十堆火，朱解放和两个女儿借来十堆纸钱，把禾场烧得红旺旺的。他严肃而端正地跪在火光之中，任由王太婆摆布。

王太婆拿着竹扫帚和簸箕,一边在空气中扫动,一边嘴里呼喊朱小路,朱秋红和朱小红也穿好了衣服,跟着王太婆一起喊道:

"朱小路,天黑了,快回来吧!"

"朱小路,要吃饭了,别再玩了吧!"

"你们谁看见了、拦住了朱小路的好心人,快放他回来吧!"

他们喊到月落东山,冷风轻拂,夜枭和蝉虫全都睡去,再回床边一看,朱小路已经安静地睡着了,汗水打湿了他的头发,白沫吐了一身……

第二天早上,朱小路起床的时候,觉得脑袋晕乎乎的,他对朱解放说:"哎,朱解放,我嗓子好哑。"

朱解放给他倒了一碗水。

朱小路又摸摸自己的头发和腿,说:"我好像梦见有个断腿的老头,追了我好远。"他喝了好大几口水,咳嗽了几声,又说,"我还梦见你们一起喊我,可我就是睁不开眼睛啊。"

他一气把碗里的水喝干了。朱小路的脸重新泛起了红润的儿童脸色。

吃完早饭,朱解放开始在村口闲转。他俯身看看田里的稻谷,又抬头看看天上的白云,他用草帽扇着凉风,不知道今天该去哪块草坪扯草。

这时候,远处的稻田里狂乱地奔跑着一头耕牛,它已经吃得肚子圆鼓鼓的,尥着蹄子,醉汉跳舞一般,疯癫地摇摆着牛头,不断地发出哞哞的叫声。

朱解放看着这头牛，似乎搅起了他无穷的遐想与感慨。他很小的时候，就是在牛背上长大的，拿片柳树叶做的口哨，吹起太阳，吹落月亮。他觉得这头牛如此亲切，如此顽皮，如此可爱，像一名壮汉在翩翩起舞，动作潇洒简洁，舞姿优美绝伦。

远处的男人们笑着说："你看，那头牛发春了。"

突然，这头牛哞哞地叫着，疯狂地朝朱解放冲来。沉浸在回忆与遐想中的朱解放，可怜而无辜的朱解放，还没弄明白是怎么回事，便被这个"牛魔王"的牛角撮翻在地。

发疯一样的牛，用两只角将朱解放顶了起来！牛头不断地摆动着，将朱解放不断地抛起，然后啪地一声，再次将他接住。朱解放就像一个马戏团的小丑，被这只发疯的牛玩弄于牛角之间，衣服被挂破了，屁股被摔肿了。

人们惊呼着，纷纷从泥田里拔出泥腿，跑到路上来呵斥这头藐视人类存在的牛。疯牛赶在人们爬上岸之前，将朱解放遗弃在地，然后从他身上横踏了过去。

疯牛刚好踩断了朱解放的右腿。

躺在床上的朱解放，从此以后学会了嘴巴里喃喃自语："我坐了两年牢，又搬了六年砖，还没还上朱黑心那条腿吗？"

他逢人就问，见人就说，他再也不能安静地坐在草地里，再也不能独自一人去扯草。伤口愈合后，他只能带着那条残腿，平静地坐在家门口，挥动刘美丽用过的那只竹棒，与麻雀纠缠在一起。

在阳光炽辣、清风徐来的日子里，他将那条右腿搬起来，像搬动一箱沉重的啤酒，小心地放在门槛上，然后眯着眼睛，开始打盹。

坐在门前打盹的朱解放令朱秋红和黑狗子十分不快，他们美妙的领地被这个残废侵占了，他们为此急得像两只淋了开水的狗，四处乱窜。

他们开始窜野树林，进高粱地，躲在茅棚里，俩人的眉眼越来越水波含情，在饭桌上相互给对方夹菜，然后用那种沾了蜂蜜一样的声音说："哎，你吃嘛，多吃点，干活有劲儿。"

这些都让朱小红看得很不顺眼，浑身起鸡皮疙瘩，她用筷子敲打桌子，脸色白惨惨的，眉毛横成一把刀："吃饭！吃饭！禁止发春！别不三不四，阴阳怪气的！"

朱秋红和黑狗子刚刚升腾起来的一丝柔情蜜意，就这样全被踢飞了。他们放下碗筷，准备扛起锄头下地干活。

这时候，一个人占用两把椅子，一把搁屁股，一把搁腿的朱解放终于说话了，他叹口气说："朱秋红，刘爱党，你们过来。"

两个人握着锄头，愣住了。

朱解放继续说："我想明天就把你们的婚事办了。你们以后就名正言顺在一起了。"

朱秋红和黑狗子一下愣住了，张大嘴巴好久说不出话来，他们还没领会到幸福到底是什么滋味，他们觉得这一切都似乎不可想象。这个只会扯草的男人，居然说要给女儿操办婚事了。

第二天，朱家人忙开了花，朱小路也不用上学去了，他顶着三姐朱小红工作用的大木盆，去到镇子上采购结婚用的物品。他砍了朱家人有史以来最多的一次猪肉——两斤，买了一只红脸盆，一张红纸，一把红筷子，然后兴高采烈，踏着云朵一样回家了。

朱小红刷了一整天的锅,她用磨砂石将这口越用越厚的铁锅擦得火花飞溅,一片片黑色的锅墨蹦跳而出,然后倒进一桶清水,用竹刷一遍遍擦洗着,那桶清水舀出来的时候,已经成了一桶石油。

朱解放剥黄豆,泡黄豆,刚剥出来的青嫩的黄豆预备炒着吃,清脆爽口;已经晒干放在袋子里的黄豆,预备洗干净后炸着吃,漂点清水,多放盐巴,在锅里将会发出劈劈啪啪的响声,活蹦乱跳,一片欢腾。出锅时,每颗黄豆身上都沾满了细盐,嚼在嘴里嘎嘣嘎嘣地响,把牙齿磨得很舒服。干黄豆预备泡软后煮着吃,将会放入很多剁碎的红辣椒,很多磨碎的盐,出锅时会染上星星点点的红色,看着就挑起食欲,一入口则松软香辣,舍不得住口。

朱小路将红纸送到王太婆家里去,看着她剪出一个个大红的喜字,剪出一对对喜鹊和鸳鸯,王太婆的脸也笑呵呵的,她说:"从来没看到朱家这么喜庆。"

这一天的朱家,确实是在过着最灿烂的一天,每个人脸上都笑逐颜开,像挂满了红葡萄的葡萄架。

朱小路拿着大红的窗花,不知道该怎么贴,他站在那扇糊着旧黄报纸,挂着破塑料的窗户上,将窗花用稻草系好,然后穿到塑料孔或者报纸孔里去。

朱小红就在下面挥舞着锅铲做指挥。不一会儿,朱小红笑得蹲在了地上,她咯咯地笑着说:"你把那两只鸭子贴倒了,鸭子头朝下了。"

朱小路一把扯下来,也笑嘻嘻地说:"你搞错了,这不是鸭子,这是鸳鸯——王太婆说的。"

朱小路吐口唾沫，用手将唾沫抹均衡，然后啪地把窗花贴在旧报纸上。

朱小路不断地吐唾沫，不断地将窗花啪地贴在窗户上，最后一个窗花是个"喜"字。但是实在没地方贴了，他将它贴在了那扇门的门梁上，红彤彤的，像枚太阳照耀着泥巴屋。

他跳下来的时候，脑袋上全是灰尘，而脸上和手上，到处是一块块的红色，鲜艳俏皮，把朱解放都逗笑了。

傍晚终于要来临了，夕阳把一抹抹余辉涂在房子上，禾场上，坟地上，到处都是金灿灿的喜庆色。炊烟升起来，直飘向远空，带着稻草燃烧后的那种甘味，仿佛在通知天上的神仙，朱秋红和黑狗子终于要结婚了，他们不用东躲西藏了，他们可以名正言顺地睡在一起了，他们邀请你们来喝喜酒了。

喝喜酒的人还真来得快，拖着鼻涕的马胜利是来得最快的，他连那只帆布书包都没放下，就不停地吸着鼻涕，循着猪肉的香味、黄豆的香味，哼着"鞋儿破，帽儿破"的歌儿，叮叮当当地来了。他首先看到了他的狐朋狗友朱小路贴的窗花，他忍不住笑出声来，他站在门外，背着双手，高声喊道："朱小路，朱小路，你快出来。"

一边脸红艳艳，一边脸黑漆漆的朱小路，丢下手中的烧火棍，从灶门前跑了出来，他擦擦被青烟熏出来的眼泪，站在门口，站在那张大红喜字的窗花下，也对着马胜利喊："马胜利，你快进来啊。"

马胜利还是没有止住笑，他捂着自己笑痛了的肚子，流出好长的鼻涕，对朱小路说："你你你窗户上都成动物园了。"

他摆摆手，喘口气，继续说："你把窗花贴错了。"

这时候,朱解放和朱小红,也都跑出屋子来。他们一个手里拿着锅铲,一个手里提着豆荚,奇怪地看着朱小路工作了一个下午的窗户。

他们都随着马胜利一块大笑了,因为朱小路在窗户上贴了一对燕子,一对鸳鸯,一对麒麟,一对喜鹊,一对公鸡,唯独没有贴上那一对大红的"喜"字。他们赶紧把"喜"字贴到门梁上去了。

他们看看窗户上的动物,又看看门梁上的喜字,笑得喘不过气来。

负责请客的朱秋红和黑狗子这时候兴高采烈地出门迎客,村里的人们接二连三地来了,朱家的禾场上开始笑语喧天,开始燃烧起一堆堆枯死的干草,他们大笑着说:"今天朱秋红和黑狗子结婚,要多烧一点稻草,晚上洞房就没有蚊子咬屁股。"

他们这一说,让朱秋红和黑狗子都不好意思起来,朱秋红低头进屋去了,黑狗子被逗得手脚都有点颤抖了,他抖动着嘴唇,说:"你你……你们总总总是笑笑别个,你你……你们自自己晚上上不烧稻草吗?你你……你们晚上要要要是不烧稻草草草,怎怎……怎么安心脱衣服。"

人群里的笑声更加喧闹了。

黑狗子两个身强体壮的哥哥这时也赶来帮忙,他们扛起黑漆漆的木水桶,急速奔跑在水井和朱家的路上。从别家搬来桌子和碗筷,在朱家的禾场上摆开了五张大桌,端上了各种颜色的菜肴。

朱小路将那只大木盆往禾场上一放,那些来吃酒的客人们,就纷纷开始掏礼物。有的是用布袋装着的一升大米,有的是用葫芦瓢装着的一斤红枣,有的是用双手抓着的六只鸡蛋,还有的甚至掏出两块钱来,放在木盆里。

那只木盆就像一只聚宝盆,白花花,红彤彤,黄灿灿,让守在旁边的朱小路心花怒放。

酒席开始了,黑狗子家酿制的苞谷烧端了上来,各家借的碗摆了上来,人们开始高声叫喊着喝酒,然后嚼豆子,吃肥肉,猜拳行令。这些声音搅在一起,就像一堆铁丝纠成了一团,坚硬而无头绪。

枯草扬起的烟尘驱逐了山村的恶蚊,也把人们熏得不停地咳嗽,每团声音里都似乎染上了烟尘的气味,沙哑而低沉,浑厚而高亢。伴着烟雾升到遥远的夜空去。

黑狗子没喝多少,倒是朱解放和朱秋红父女俩,成了那天桌子上人们围攻的对象。人们那天才发现,朱秋红拥有天才般的酒量,她的苞谷烧仿佛都喝到两个篮球里去了,越喝得多,篮球就越是耸动得厉害。被酒精烧起一股热劲的男人们,趁着夜色,趁着喝酒的机会,悄悄地碰她的奶子,捏她的屁股,她也丝毫不回拒。

男人们在席底下悄悄地惋惜:

"真便宜了黑狗子!"

而累得直不起腰的朱解放,被拖上桌子就连干了三大碗,这一下,他仿佛打足了气的一只轮胎,脸上红光闪烁,嘴里豪言壮语。

他说:

"你们知不知道,朱黑心是个孬种。"

"朱黑心怕死,他抱着我始终不敢放手。"

"朱黑心胆子多小,我回家这么久,他从来都是远远地躲着走。"

"我挖了朱黑心的脚,他怕了我一辈子。"

说到这里时，朱解放分外志得意满，人们从来没看到他如此英雄豪迈，宛如一位勇士，横刀立马，慷慨激昂，脸泛桃红，喝酒犹如饮水。

这一夜的朱家禾场，抛洒着各种激烈而兴奋的元素，一直到了月上中天，喝酒的男人们才摸的摸，爬的爬，纷纷打着酒嗝，喷着口臭，离席而去。在一片皎洁月光中的朱家，亮着一只昏黄的灯泡，开始被山村的夜晚包围。一片热烈声音过后的朱家，长久地笼罩在酒菜的冲天香阵里。

第二天早上，朱小路睁开眼睛，他看着朱解放还躺在旁边，丝毫没有起床的意思。他便用力地推了推，冷冰冰的朱解放一下被他推翻过去，趴在那里一动不动。

朱小路大吃一惊，这时，他才发现朱解放死了，在一个醉酒狂歌后的夜晚，肠穿肚烂。原来，八年粗食淡菜之后的他，肠胃对烟酒的接受能力早已经下降，昨晚狂暴地吃喝，以及枯草烟尘的恶熏，一下使之全线崩溃。

在睡梦之中，朱解放土崩瓦解，魂归西天了。

12.

青春是把杀猪刀

朱解放死后，朱秋红大哭了一场，她想起小时候朱解放对自己种种的好，想起他为自己操办婚事时的豪迈奔放。从此后，朱秋红回到一贯的沉默，她和黑狗子一同坚守着农田和土地……

这一年的朱小路，已经十二岁了，鼻子下面开始生长出细密的绒毛，开始读中学了。他仿佛变成了另外一个朱小路，他不多说话，整天耷拉着头，偶尔睁眼看人，目露寒光，令人发怵。

十七岁的朱小红，已经从洗衣女变成了小镇上的一名裁缝。她身材匀称，脸蛋白皙，心灵手巧，却不苟言笑，成了小镇上最让人惦记的风景。那些不怀好意的小年轻，嬉皮笑脸而来，垂头丧气而归。

这一年的冬天来得很早，农历十一月还没来，漫天飞起了大雪，像芭蕉扇一样扑来，一层层垫在地上。

朱小路像个懂事的大人，清早起来，自己给自己炒一碗剩饭，然后踏着雪花的白光，一直走到镇上的学校去。读小学六年级的朱小路，不像小时候那么爱笑爱跳爱闹，他的两只眼睛仿佛两颗黑蚕豆,开始深邃起来。

缩在一身旧布衣服里的朱小路,冻得瑟瑟发抖,他一个人要走十几里的山路,他不是这个冬日清晨里,第一个踏上那条冰雪之路的人。他的前面,是两只巨大的靴子踩出的印痕,朱小路心想,一定是赶到隔壁村子去杀猪的屠夫。

过年杀猪,是村庄里永恒不变的风俗,力气大,一身横肉的男人,一个人扛着巨大的斗盆,腰间挎着刀篓,就出发了。他们常常是在冬天杀出第一条雪路的人。

朱小路的靴子前面破了一个洞,冰水已经浸了进去,他只能踩着屠夫巨大的靴子印,跟着他一路留下的光辉足迹奋勇前进。

此时的朱小路,听得见漫山遍野雪花起舞的声音,天地连成一片,像张巨大的白卷,他正嚓嚓嚓地走过,声音干脆明亮,仿佛镰刀正收割稻子。

他鼻下的绒毛团起雾气一片,这个开始听到骨头拔节的孩子,浑身的棱角开始暴露出来,就像山路上突然冲出土的竹笋,新鲜而坚硬。他的眼睛仿佛两枚卫生球,总是习惯性地翻起冷酷和不屑。

作为一个正在抽条的男孩,他正朝一个无法掌控的方向奔跑。

他踩着别人的脚窝,哼着别人的歌,把冻得红通通的双手插兜,任由长长的头发被冷风雪吹得毫无章法,像一只从山林里逃出来的野花猫,在这条路上走走停停,吼吼叫叫,把学校里的那几首老歌唱得垂死挣扎。

突然,在他的前方,两枚巨大的脚印旁边,厚厚的积雪里,一片银白的亮光晃到了他的眼睛,在这白色的天地里,还有什么比雪更加白更加亮？

朱小路快步跑上去，看到了一截黑油油的木柄——那是刀的把子。

哆嗦着的朱小路，于是收获到了入冬以来最好的礼物——一把寒光闪闪的杀猪刀。这是清早起床扛着斗盆赶路的屠夫不小心遗留在雪地上的。

乡村屠夫是门不错的职业，他们常年与猪肉打交道，身强体壮，油水丰厚，显示出别样的江湖色彩和游侠气质，成为村庄里众多瘦弱男人的崇拜对象。在屠夫的刀篓里，藏有各式各样的刀，最醒目的一把看上去像一把打开的折扇，仿佛李逵的板斧，只是不如斧头厚重，却是薄如蝉翼，适合伸进猪身体里的各个方位，上下左右，东西南北，剥皮剁骨，抽筋开膛，难度较大的粗重活计，都是这把巨大的扇型刀的功劳。除了这把刀作为杀猪的主力，屠夫还配有其他种类繁杂花样迭出的各种刀具。有的长达两尺，与手掌齐宽，有的刀锋呈三角形，锋芒尽显，有的刀背厚约一寸，浑厚庄重……有的用来割猪喉咙，有的用来砍猪骨头，有的则只用来切猪肉。

朱小路收获的这把刀，背厚唇薄，冷光熠熠，带着孤傲不驯的气质——肯定是用来分离骨头和肉的，属于典型的技术含量较高的工具。

发现这把杀猪刀的朱小路，在雪地里狂乱地飞舞起来，俨然一位武林高手，嘴里发出噼啪噼啪的叫声和吼声，带着小公鸡开鸣的兴奋与锐气，他将这把刀朝空中胡乱抡起来，扫荡着洋洋洒洒的雪花，扫荡着簌簌冷风。

他一会儿唱道："大刀向鬼子们的头上砍去……全国武装的弟兄们，抗战的一天来到了，抗战的一天来到了……"

一会儿又唱道："黄河在咆哮，黄河在咆哮，河西山冈万丈高，河东河北高粱熟了……"

他像一名战士一样激情勃发，斗志昂扬，脚踏正步走在银装素裹的雪地上。

他的歌声与兴奋张扬着一股急速膨胀和壮大的雄性荷尔蒙。

当朱小路走到学校寝室时，他才发现，那双破了好多洞的雨靴，已经灌进了大批量的雪水。他把双脚从靴子里抽出来时，热气腾腾，十个脚趾头红通通，白惨惨，仿佛十只刚生下来的小老鼠。

一名刚刚从食堂打了早饭回来的同学，戴着瓜皮帽，捧着搪瓷缸，瑟瑟发抖地流着鼻涕，看着朱小路不断冒热气的雨靴，突然兴奋地一声高叫："咦，你从家里带了煮鸡蛋吧？"

他放下搪瓷缸，一个箭步冲到热气阵里，伸长了鼻子去闻。突然，冲天臭气铺天盖地杀了出来，这个可怜的孩子一连打了七八个喷嚏，打得头晕目眩，地动山摇，将眼泪和鼻涕全喷在了脸上。他用手一抹，回头来找自己的早饭，却发现朱小路正用筷子夹起搪瓷缸里的饭菜，肆无忌惮地送进自己嘴里。

这孩子冲上前去，一把夺下朱小路的筷子，翻翻白眼阻止了不良趋势的继续发展。

朱小路一边嚼着嘴里热腾腾的饭菜，一边哈哈大笑着跳开去。

一天，朱小路将那把杀猪刀悄悄地从书包里拿出来，藏在了床铺底下,然后他便像一个二流子,吹着口哨,打着响指,吊儿郎当地去上课了。

"朱小路仿佛一头猪。"这是几个班干部背后对朱小路的评价。只因为他长期趴在课桌上,整天像抽了鸦片,沦陷在睡梦之中。

起初,老师们尖声冲到他面前,拿出竹鞭啪啪地敲打桌子,气势汹汹地拧他的耳朵,把他扯到教室的最后一排去,背靠墙壁站立,日子久了,竟发现他靠着墙也能慢慢地把脑袋一耷,像一滩泥巴缓缓地下滑,最后撂在墙角,睡得忘乎所以好像一头蜷缩的章鱼。老师们就几乎不怎么管他了。

后来,人们逐渐发现朱小路身体里蕴藏着一股野蛮的力量,那是因为发生了一件道德败坏风气沦丧的大事件。

一位刚分配来的女老师,年纪轻轻,眼睛很大,眉毛潇洒,尤其是白皙的皮肤,可以看见毛细血管的曲折分布,但她脸上却整天笼罩着一层白汽,肃穆威严,几乎从来不笑。不知是对毕业分配到小镇当老师不满,还是原本就苦大愁深,不得解脱。

她第一次走进朱小路的课堂,还没搞清楚该班级的形势,就试图以铁血手腕、强硬政策打击一下这群小公鸡的嚣张气焰,从此树立自己牢不可破、神圣不可侵犯、庄严不可亵渎的至高无上的尊严。

但她错了,而且错得很彻底。

她明亮的眼睛很快就发现了躲在一堆书丛中呼呼大睡的朱小路,她不由分说大步流星走向了这个少年,她手中的教鞭敲得语文书本啪啪作响,脑袋摇晃得很自信,嘴角分明带着一丝不易觉察的微笑。

"啪。"竹棍敲打在课桌上,清脆的响声随风荡漾。

"你给我站起来!"年轻貌美的女老师,努力使自己的声音具有无上权威,可她掩饰不了细弱的声带,那尖细的声音仿佛一把柳叶刀,在空气中飞来飞去。

周围的孩子都甩起了腿,静静地憋着笑,他们知道,在枯燥的课堂中间,又一场带着娱乐气氛和表演色彩的活动开始了,他们期待这次活动能够时间更长一些,这样不仅精彩绝伦,而且很容易拖到下课。

朱小路歪歪地站了起来,脑袋耷拉着,整个身体像一根麻花。

女老师这才发现,眼前这个十二岁的学生已经开始猛地往上窜,已经要高过自己了。她咳嗽了一声,镇定了一下自己的情绪。

"看着我,说你叫什么名字。"

朱小路回过头来,看了老师一眼,立刻用右手遮住右边脸:

"看不下去。"

"为什么?"

"不好看。"

全班同学爆发出一阵哄堂大笑。这位年轻的女老师,脸被憋得通红,心中无比气愤和懊悔。

她完全没想到这孩子尽是如此出牌,完全超出了自己的想象和假设,局面突然一下变得如此怪异。

她举起教鞭,却还是没有落下去,她努力憋着怒气和烦躁,发了声狮子吼:"那你自己很好看吗?不专心上课,趴在桌子上睡觉很光荣很精彩？"

朱小路像一团烂腌菜一样，把自己包得紧紧的，好像没听到旁边有人在说话。

女老师突然不知道该怎样结束这场对台戏了，周围几十双稚气的眼睛都盯着她和眼前这个仿佛豆芽菜一样抽条的学生，她的一举一动都会影响她将来在此立足讲课的威信。

她把教鞭交给左手，伸出右手去拧朱小路的耳朵，要把他绳之以法——依照惯例拖到后排的墙角去。

朱小路脑袋一低，耳朵挣脱了她的手。她的手悬在那里，突然不知道何处是归宿，她怎么也没想到，这个黑瘦的学生竟敢顶撞老师。这个狡猾的对手竟然简单克敌，一招致胜。她的常规作战计划显然被他摸得一清二楚，习以为常。

"流氓！"她莫名其妙地恶狠狠地骂道，竹鞭终于落在了朱小路的背上。

穿着棉衣的朱小路，任由竹鞭打在自己身上，仿若无事，蔫头耷脑站着，他抬头看看黑板，又扭头看看窗外，眼睛里不断地翻出眼白，那是一副绝佳的卫生球。

多年以后，他的同班同学马胜利回忆起那天课堂上的情景，仍忍不住称赞道："小路哥，你知道不，我就是从那时候起，开始崇拜你的。"

年轻的女老师早已经气得不行，看着眼前这无法收拾的场面，看着这个顽固得像块石头的学生，她知道今天她必输无疑。但她在师范学校读书时，也算是个强硬派，因此并不愿意就如此放弃这场对抗。

她突然脱去淑女的外表，展开凶猛强势的一面。

她将教鞭扔向墙角的垃圾桶，于是，周围的孩子看到那竹棍像一支骄傲的飞镖，直线冲向废纸堆，最后稳稳地立在其中，完全达到了快、狠、准的三项基本要求。

她这一掷预示着一位温文儒雅的语文老师马上从眼前消失，她象征性地捋了捋袖子，两只手一起运用上，抓住朱小路的棉衣，试图将他拖出来，但朱小路猛地一扭身体，女老师的手就滑落了。

她踉跄一下没站稳，顺势一下摔倒在地。整个班级的孩子都睁大了眼睛，他们知道，今天的表演要朝纵深方向发展，局面将一发不可收拾——事情要闹大了。

果然，年轻女老师的一张小脸气得煞白无血，从地上撑起来时，显得急躁不安，没站稳就要出招。这一次，她紧咬牙关，双手犹如鸡爪疯，拿出旱地拔葱的架势，牢牢地抓住朱小路肩膀上的衣服，就开始蛮横地往外拖。

她嘴里喘着气，厉声地说："看你嚣张到几时！"

这个可爱的娃娃脸，已经决心完全放弃自己的光辉形象，决心以暴力不合作的精神挽救自己的权威。

她弱小的身体里，突然爆发出一种谁也没能预测到的力量，她在牢牢地坚忍不拔地向着一个固执的方向前进——降伏朱小路，震慑全班级。

应该有理由相信，这样一位执着的年轻老师，以她如此的毅力和信心，拿下"睡梦罗汉"朱小路，完全能够成功。

但是,事情常有例外。朱小路也突然铆上了,他不再消极抵御了。他好像有些恼火起来,突然甩开老师钳制着他肩膀的两只手,一把将她推了开去!

她再一次踉踉跄跄后退了好几步,这一次,充分的经验让她没有摔倒。她突然猛冲上来,也不抓朱小路了,两只手像抡起的两只锤子一样砸在朱小路身上。朱小路轻松地用手挡开这番暴风骤雨。

朱小路的两只手抓住她的衣服,猛地再一推,她的腰部很快撞击到后面一张课桌的边角上。

这个年轻的女老师,一下疼得晕了过去,一手扶腰,倒在地上,痉挛不起。

周围的孩子纷纷围拢过来。有着红润脸色的班长首先发难,"朱小路,你这个土匪!老师被你打昏死过去了!"。

所有原本坐在桌子里安静观望着的同学,此时都围拢过来,他们被眼前的一幕吓傻了,甚至还不敢相信刚才那一场战斗是真的。

他们围得越紧,几位班干部就越着急,他们看看躺在地上的老师,又看看朱小路,他们急得快要哭起来,他们为这可爱可亲的女老师感到不平,他们为土匪恶霸一样的朱小路感到羞耻。

大家七嘴八舌,教室里闹成了一锅稀粥。过了片刻,朱小路拨开同学,走到老师面前,一声不响地把她背了起来。他踢开教室门,飞快地冲下楼梯,背着她朝医务室跑。他的后面跟着担惊受怕的班长。他的同学站在楼上,关切而无措地看着他们远去。

在那个冬日的上午,雪花飘落在校园里,遍地飞白,仿佛天空正不断地给大地投递一封封来信。人们看到朱小路在校道上飞驰而过,他呼哧呼哧喘着粗气,像一台开动马达的发电机,又像一头刚学会奔跑的花斑豹子,独步江湖,光照万里。

13.
猛虎出山

没几日之后,朱小路的裁缝姐姐朱小红,踏进了柳叶老师的小房门。她是拧着朱小路的耳朵进去的。

朱小路在姐姐朱小红的手里,就像一只刚长出尾巴的壁虎一样,他耷拉着脑袋,扭曲着身体,脸上龇牙咧嘴、妖魔乱舞、乾坤离位。他的一只耳朵被拧成了一根麻花,经络十八弯,山水九连环。

朱小路不敢在姐姐手里有丝毫动弹,像一只被盐水泡过的黄瓜,跟随着朱小红的步伐和进度,旋风般跌进了柳叶老师的家。

朱小路被姐姐一把扔在了老师的床前。

他的左耳朵红通通光灿灿的,像一枚灵芝。他也不敢去摸去揉,依旧耷拉着脑袋,像一根木头一样杵着。

有着两片薄薄嘴唇的朱小红,就像揣着两片薄薄的飞刀一样锐利无比,她俏俏的小脸儿绷得很紧,气得煞白。她牙齿紧咬,锋利的眼睛瞪着朱小路,狠狠地扬起自己的巴掌——那是一只断掌,手掌被中间一条完整的掌纹隔开,成为楚河汉界。据说断掌打人犹如砍刀砍人一样。

朱小红举起自己的巴掌，就像举起一把优美的水果刀一样，她看着弟弟头发凌乱的脑袋，巴掌却落在了他正在扩张的后背上。

"朱小路！你这个混蛋！快给老师跪下！"

朱小路的腿似乎摇晃了几下，然后坚强地依旧梗在原地。

气怒不已的朱小红，抬起她瘦瘦的腿，一脚踹在朱小路的后腿肚上。他顺势一下跪下了一条腿。

躺在床上的柳叶，此时脸色很红很红，像被冬天的火炉烧红的焦碳。她想伸手拉住朱小路，却还是没能阻止大势所趋。

脸蛋通红的柳叶，看着眼前这个漂亮而锋利得像一把水果刀的女孩，看着这个单薄得像一架风车的姑娘，看着这个简单两招便成功降伏一代牛魔王朱小路的女英雄，突然觉得分外亲切。

她连忙阻止了朱小红的下一步单边行动，亲切地微笑着，招呼这姐弟俩坐在自己的小房子里。

那个下午，朱氏姐弟坐在柳叶老师的微笑中，坐在炉火旺盛言谈热情的屋子里，不像是在进行一场道歉，倒像是在举行一场发展良好的双边会晤。

朱小路走出老师房门时，浑身觉得无比自在，他走到角落处，回头张望了两眼，然后开始舒展筋骨，用嘴哈哈热气，温柔地安慰着自己受伤的耳朵。

这时候，人们重新看到了一个土匪一样的朱小路，仿佛看到了一个从蜷缩状态舒展开来的卷心菜，他的每一处躲避起来的弯弯肠子，此时都在尽情地开放。

这天，镇上远近闻名的小裁缝朱小红，这个俗称"朱剪刀"的姑娘，和刚毕业分配到镇中学教书的柳叶老师，一下搭上了桥。

从此后，人们看到年轻如一枚石榴的柳老师，常常怀里掖着几尺花布，穿戴得整整齐齐，像个回娘家的小媳妇一样，迈动两条腿儿，窜进朱小红那小小的挤在角落里的一线铺面。

人们也看到朱小红，这个长得如一枚朝天尖椒的乡村姑娘，像刚从辣椒树上蹦下来一样，窜进柳叶的屋门，带去一些吃的，一些头饰，一些笑声。

总之，她们穿得毛茸茸的，手套挽着手套，一同赶集，一同说话。

她们的头几乎每天都碰在一起，唧唧呱呱，嘻嘻哈哈，像两只麻雀儿。她们嘴里哈出欢乐的热气，在冬天的空气中飘扬，就像两只金鱼吐出一串串泡泡。

朱小红和柳叶，成了镇子上相偕并立的一处美景。朱小路则成了柳叶老师特别关照的"红人"。

柳叶夹着书本走进课堂时，朱小路把一片云似的长发往后一搭，右手顺势一下把小镜子拂进课桌里。

柳叶走到他面前，把嘴角绷得紧紧的，冷冷的眼神看着他，用竹鞭子敲敲桌面，仿佛时刻在警示他不要轻举妄动。从此，歪歪斜斜的朱小路安静地坐在座位上，撑着眼皮，丝毫不敢怠慢柳叶。

吃饭铃声响起。朱小路以迅雷不及掩耳盗铃之势，从桌子里操起瓷盆，箭一般射出教室。他永远把同学和柳老师甩在身后，仿佛一面呼啦啦响荡的旗帜，以饿狼扑食的速度，冲向那个破烂不已的食堂。

他一手拿盆，一手拿筷子，一边以绝对领先的优势向前疾驰，一边敲打着瓷盆。

朱小路像一枚扔出去的手榴弹，气势凛然，虎虎生威。

每一次，他都排在食堂第一窗口的第一个位置。他是活生生的吃饭急先锋。汹涌的人潮立刻把他包围，将他挤住，扭扭歪歪的队伍，挤得像一条蚯蚓。

朱小路双手攀住窗口上的钢筋，将背猛地弓成龙虾状，身后熙熙攘攘的人群，立刻开始向后倾斜。马胜利很快踩着了一名女生的脚。一声尖利的惨叫，在喧闹中暴出。

马胜利啐口唾沫，提高声音，若无其事般朝四周望了望，说："谁叫呀，谁叫呀，叫得比母鸡还难听。"

挤在他身后的女生忍气吞声，没敢再动嘴了。

马胜利很快活地挤在中间。

他立在队伍中，任凭前面的人往后仰，任凭后面的人往前倒，借助着这人流飘摇的势头，靠在背后那名女生的胸前，背后那名女生似乎觉出了有点压力过重，她把手放到了自己胸前。

这样一来，马胜利就靠在了两只瘦弱的手上，像靠住了一只衣架，寡淡而僵硬。马胜利懊恼无比。他开始瞄准前面的女生。他用大腿顶了顶她的小屁股。

女生吓得突然一下掉过头来，惊叫一声："流氓！"

这个脸盘周正，正在迅速绽放的小女生，眉眼里开始脱去小姑娘的稚气，藏着几丝温柔的杀气和秘密。

她一身红色的羽绒服，上面布满了白色的圆点，像一只七星瓢虫。她的严肃和发怒看上去还是小孩子的赌气。她狠狠地对马胜利翻了一次白眼,然后一声不吭地打好饭走了。

马胜利整个中午都很兴奋,他一边吃饭一边喷饭,嘴巴咧得很开,眼睛和下巴仿佛要冲出脸盘,笑得完全可以在嘴里放一只大木瓜。

正在抽条的朱小路,坐在寝室门口埋头大吃,因为瓷盆实在太大,他把整个脑袋都埋了进去。他用的勺子,是趁工人们不注意的时候,在食堂里偷偷拿的。

工人们用这把塑料瓢子给学生打饭,朱小路用这把塑料瓢子当吃饭的勺子。

坐在冬日阳光里的朱小路,沉浸在瓷盆的优雅世界里,头也不抬,任凭马胜利笑得天花乱坠,天荒地老,天转地旋。

马胜利含着一大口饭,说:"小路哥,你知道吗?那屁股……嘿嘿……"

马胜利这句话还没说完的时候,他面前已经站着了两个人。一个瘦瘦高高,不断地用手摸鼻子,一个矮矮胖胖,眼睛骨碌骨碌。

那个摸鼻子的孩子把马胜利叫到一边,首先说话了:"你的丑事我们都知道了。"

他吸了吸鼻子,用手推了推马胜利。

"你知道吗?在食堂,我们都看见了。"

那个矮胖的孩子接过了话茬儿:"那是什么性质的问题,你应该清楚。"

他似乎是微笑着在说这句话,他的眼睛骨碌骨碌像两颗正在迅速成熟的葡萄。

马胜利突然嗫嚅起来,他端着饭盆愣住了,他十分不了解眼前这两个人的身份来历,他十分不清楚他们轻佻的神情里,到底蕴藏着何等杀机,他觉得两只眼睛快要睁不开了,他羞愧和紧张得不知如何应对。他胆怯地轻声顶了一句:"我没有……那只是开个玩笑……"

矮胖男生继续故意微笑着,继续发言:"你知道你骚扰的那个同学是谁吗?"

瘦高的男生接过话茬,摸摸鼻子,声音提高了八度:"告诉你,那是陶淘,是咱们学校训导主任的女儿。那是咱们三班的班花!"

矮胖男生很不满地盯了瘦高男生一眼,他一手搭在马胜利肩膀上,一手弯住马胜利的耳朵,凑过嘴去悄悄地说:"你要知道,有很多男生喜欢陶淘。如果,我们把你,骚扰陶淘的事情,告诉给那些男生,你肯定会被揍得不成人样……"

马胜利张大嘴巴,浑身起了一层鸡皮疙瘩,他嗫嚅着:"那我该怎么办……怎么办?"

矮胖男生故意露出皮笑肉不笑的表情,把马胜利搭得更紧些,继续说:"你要知道,看到你骚扰陶淘的,不只我一个人,还有我们班这个同学——他打架可是在全校都出了名的。下手特别的狠,力气特别大。有一次他都把一个初三的高个子打得趴在地上,吐血了,吐了好大一滩血……而且,他非常喜欢陶淘!我是跟着他来劝架的——你也不想被他打一顿吧?"

他停顿了一下,眼睛骨碌骨碌,用手摸了摸脑袋,说:"我看这样吧,要不你出点钱,请他吃点方便面什么的。我就劝他不要再说这件事情了。"

心惊胆战的马胜利,内心有鬼的马胜利,这时候软了,"那要……多少钱?"

矮胖男生没料想到事情这么容易就搞定了,他摸了摸脑袋,也想不到具体数目。说五角吧,好像太少了,太小家子气了,说五块吧,好像事情闹得太大了,如果以后让老师知道了,那还不抽筋扒皮……

他也突然没主意了,说:"我看这样吧,我先过去,看杨天军的火气大不大,看他到底还想要怎样。"

他说的杨天军,就是和他一起过来敲诈马胜利的瘦高的同伙。

于是,在那个冬天中午的温暖阳光里,马胜利看着这个矮胖子,他的手轻轻脱离了自己的肩膀,带着一股关怀而亲切的力量。

他看着他很快地跑到瘦高男生身边,嘴里还呼呼地吐着热气。

他看见他们凑得很近地商量着私了这件丑事的价格,他看见瘦高的杨天军表情很恶劣,很愤怒,龇牙咧嘴,像一只大猩猩,眼睛里暴露着凶光,还不时伴着动作,好像在举起菜刀,或者木棍,狠狠地砸下去。

矮胖的男生接着又跑回来,勤奋得像一个邮递员,笑着对愁眉苦脸的马胜利说:"杨天军根本不愿意私了。他不仅要告诉全班人,还要报告给陶淘的爸爸——我们学校的训导主任!不过,我再三地劝了他,让他不要破坏我们无坚不摧的友谊和团结。他已经答应,你给三块钱,他就放了你,忘记这件事情,当作什么都没看到。"

"三块钱?"马胜利惊得半天都没合拢嘴。他的眼睛睁得大大的,失神地望着饭菜已经凉了的饭盆。

三块钱是马胜利一个月的生活费。三块钱从来不剩一分一毫。三块钱从来只会提前透支。三块钱一下让马胜利六神无主。

马胜利吞吞吐吐地说:"三块钱……我……没有三块钱……"

那边的杨天军已经等得不耐烦了,他气冲冲地冲到马胜利和矮胖男生苟来宝面前,十分恼怒地问:"三块钱还多吗?多吗?多吗?"

"再不拿出来我就不要了!现在没有钱,等会追着我给我也不要了!你就等着看热闹吧,你就等着全校人看笑话吧,你就等着训导主任训导你吧!"

杨天军的眼睛睁得像铜铃,眼球仿佛就快从怒火中烧的眼眶里掉下来,一口锋利的牙齿咬得紧紧的,头发随着他不断点头而摇摇晃晃。他用手捋了捋棉衣袖子,只捋到一半就上不去了。又用手摸了摸鼻子,把鼻尖上冰冷的一滴鼻涕抹在了手心里。总之,看样子,杨天军已经出离愤怒了。

苟来宝拉了拉他的衣袖,似乎想要阻止他锐利的攻势。

苟来宝打圆场说:"马胜利,你如果没钱就给两块算了。"

马胜利低头不语,他口袋里只有五毛钱。

苟来宝惋惜地说:"那我也帮不了你了。"

早已经等得不耐烦的杨天军,继续捋了捋袖子,他愤怒的眼睛盯着怯懦的马胜利,挑衅地推了推他。

马胜利像一片云一样,被推得往后飘了几步。

杨天军继续推了他几下,声音开始加大,动作开始放粗:"我推你又怎样?我推你个小流氓,你能把我怎样?"

他把马胜利推得东倒西歪,战战兢兢,摇摇晃晃。

他的声音和动作似乎吸引了从周围路过的一些人。人们都用好玩的眼神看着这三个人，他们远远地看着雪地里，三个男生正在进行有趣的肢体碰撞，并迅速把同学从寝室里叫出来，一边往嘴里扒着饭菜，一边欣赏着正在上演的斗牛比赛。他们沉浸一场暴力性质的娱乐审美中，并因此胃口大开，兴味盎然。

坐在寝室门口，将一张脸全部埋在巨大的瓷盆里吃饭的朱小路，正在抽条的朱小路，此时刚好扒完最后一口饭。他抬起头来，很舒服地出了口气，把嘴角的饭粒抹进嘴里。

他透过人群，看到操场上的三个男孩。他们像马戏团一样，在那里唧唧歪歪。

马胜利的一盆饭正在倾斜，汤水洒泼在地上。杨天军的手正在一次次地推动马胜利，一次次企图打开他冲动的引擎。苟来宝双手插兜，眼睛骨碌骨碌，似乎正准备在激动时刻来临后，马上收取门票。这一切显得如此怪异而平常。

马胜利突然一下站立不稳，一屁股坐在了地上，似乎有些憋不住，快要哭出来了。

杨天军上前一把拉住他的领子，用右手食指——这一个指头，指着马胜利的鼻子，恶狠狠地说："你给我小心了！账就算你头上了！"

他的食指在马胜利鼻尖上一点一点，每一次点过，马胜利都能感觉到那枚厚钝的长指甲，戳在鼻尖上，带着一股清冷。

就在他们保持着这种缠缠绵绵的姿势，一发不可收拾时，朱小路拨开人丛，钻了进来，走到了他们面前。拉了拉马胜利，将他扶起身来。问:"出了什么事?"

马胜利还没来得及说话,凶巴巴的杨天军,瞪大恶狠狠的眼睛,看看朱小路,一把将马胜利扯到一边,"没你什么事,这是我和他之间的私事。我们今天要了结了。"

朱小路的眼睛也盯着杨天军,一句话也不说,一只手把马胜利又拉了回来,靠在自己身旁。

杨天军这下怒了,一副江湖口吻,嬉皮笑脸地说:"哟,哥们儿,你是想当出头鸟咯?你可想清楚,这里没人碍着你。搞得我们不爽了,我连你一块儿也剁咯!"

杨天军虚张声势,狐假虎威,装模作样地嬉笑着,反复看了看朱小路。朱小路也看着他。

突然,杨天军悄无声息地抬脚冲了过来,他想趁朱小路还不曾防备,先下手为强,远远起一脚,拔得头筹,抢得先机,将这个横地里杀出来的程咬金一脚踏翻。

朱小路侧了一下身体。那只重脚踏空而去,杨天军收脚不稳,差点摔倒在地,硬生生劈开了一道一字马,裤裆扑哧一声,裂了。

朱小路抢身上前,将手里的瓷饭盆哐当一下敲在杨天军脸上。那声音浑厚而清脆,穿透冬日的校园和操场。远处孤零零的一颗光杆树上,突然啪地掉下一大片积雪,不知是被震落的,还是受到了场面的惊吓。

杨天军的眼睛猛地变红了,他伸手来扯朱小路,抬起脚一次次试图踢到对方。

人们看到,瘦瘦的杨天军在冬天的阳光里,一张脸开始迅速变胖,迅速将五官挤到两边去,将眼睛挤成一条缝,将嘴巴挤成一个小孔,挤得两个鼻孔都快堵塞交通。

场面开始惊险刺激起来,在操场远远的边线上,形成三个一群、五个一队的看客。他们密切关注着事态的进展,局势的变化,开始详细讨论两个男生的优势与劣势,预测下一步可能发生的情景。他们神经紧张、心情愉快地观看着这一场难得的拳击比赛。

这时,苟来宝突然走了上来,他拉了拉朱小路,严肃而公正地劝架道:"两位同学,不要打架。打架违反校规!有事情我们好好说。"

就在他拉扯朱小路的空当,已经发酵得像一团面团,肿胀得如一个猪头的杨天军,蓄满怒火,突然再次起脚,朝朱小路的腿重重踢了过来。

这一次,朱小路没能来得及躲闪,小腿摇晃了几下,差点就要摔倒,他忍着疼痛和怒火,将力量转移到另一条腿上。

朱小路愤怒了,他举起手中的大瓷盆,发出一声低沉的怒吼,突然朝杨天军冲了过去。瓷盆开始狂风暴雨一般落在杨天军的头上,背上,肩膀上。

苟来宝看到这架势,突然有些慌了神,试图从背后拖住朱小路的手臂,阻止他如此疯狂的进攻。朱小路头也没回,反手一下,瓷盆敲在了苟来宝嘴上。苟来宝捂着嘴,立刻弹开三步远。

此时的杨天军,已经被瓷盆敲得眼冒金星,脑袋里嗡嗡嗡响荡不停,终于承受不住地倒了下去。朱小路顺势一下骑在了他身上。他举起手中的大瓷盆,鼻子和脸颊被风吹得红通通的,嘴里吐的热汽却是白的。

躺在他胯下的杨天军，此时蜷缩成一团，像一只病猫儿，用手护卫着脑袋和脸庞。

朱小路问："你服不服？"

杨天军继续蜷缩着身子，似乎没听到有人说话。

朱小路将他一把拽起来，踢了几脚。又问："你服还是不服？"

杨天军用手遮住脸，还是不开口。

朱小路一把将他推开，顺势松开手。说："你走吧，我不想再打你。"

他转过身去，一手提着大瓷盆，一手推着心惊胆战的马胜利，朝寝室走去。

人们像看完一场热闹的演出，兴致盎然，余味盈唇，也准备若无其事地离去。

突然，杨天军蹲了下来，扒开雪层，捡起石头，猛地朝朱小路和马胜利砸去，一块连着一块，嘴里大声叫骂起来："你来呀，你来呀，看我不揍死你！砸死你个王八犊子！"

石头纷纷落在朱小路和马胜利的周围，掉在雪地里，不断地溅起雪沫飞扬。也有几块落在了俩人的背上，留下一些湿黄的痕迹。

趁着杨天军再次蹲下地捡石头的空当，朱小路猛地冲了上来。杨天军还没来得及丢下石头转身逃命，又被冲倒在地，趴在雪里，动弹不得。

朱小路用两只脚踩在他的两只手臂上，扳开他的手指，把两颗石头抠出来，扔出去老远，再问："你服不服？"

杨天军使劲扭摆着自己的腰，却怎么也挣扎不脱。他摆了一会儿，浑身每个地方都开始疼痛起来，身体的每个零件都已经缴械。他把脸别到一边，闭着眼睛，说："服了……"

朱小路拍拍手，站起身来，提起大瓷盆，推着马胜利，头也不回地走了。

14.

老师好美

这一年春天,小河里开始涨水了,小镇上空,开始有燕子飞快地鸣叫着掠过,留下一些曼妙的情歌。

这时的马胜利和朱小路,头并着头,睡在一床破被子里,开始欢快而热烈地讨论起女孩子,讨论她们那些正在发生着的奇妙变化。

"隔壁班的黑面神李秋玉才厉害呢,才过去一个寒假,脸蛋子白得像朵花儿了。"

"厉害个屁,你看咱们柳叶老师,那才是真正的女人。"

朱小路伸手敲了马胜利两下。

"老师你也胡思乱想?"

马胜利赌气地说:"凭什么老师就不能胡思乱想?"

"是呀,你不胡思乱想,那是因为她对你格外好,你没注意,班里人早就注意到柳叶了。那是我们全校最好看的女人!"

……

马胜利气呼呼地去摇朱小路时,他已经睡着了。睡着的朱小路慢慢放出惊天彻地的屁声，双腿发出咔咔的响声，然后神经质地抖动。

第二天，上语文课的时候，朱小路精神老不集中，他的眼睛定定地望着柳叶老师。

柳老师讲两句，便回头看他一眼，看他正专心地看着自己，回头又去讲两句，在转身来看时，发现他的眼睛还是原来那个姿势。

柳老师一下很紧张起来，脸也红了，借着捡粉笔、翻书本、整理眼镜的小动作，四处看看自己的衣服，看是不是裤子的拉链没拉，是不是毛衣里的内衣露了出来，是不是屁股后面裂缝了。她还用手在脸上来回摸了摸——她怕早上吃的鸡蛋炒饭粘在了嘴角，扩散了地盘。

她这一摸，全班学生都笑了。脸上摸得到处都是粉笔灰，粗浅不均，像正在化妆的大花脸。

柳叶的脸被笑得通红了："朱小路！上课精神不集中！眼睛看哪儿呢？"

她走到朱小路的桌子跟前，用教鞭敲了敲桌子，警示道："不专心的学生，小心我报告家长！"

朱小路的三姐朱小红，就是他的家长。这一句话下去，立刻提神醒脑，舒筋活络，他立刻收神了。

中午吃饭，朱小路迟到了，他像个哲学家一样，把大瓷盆顶在头上，用饭勺敲打着裤缝，低垂着脑袋，边走边想着什么，看上去像朵大蘑菇。

走进食堂，他第一次惊奇地发现，自己面前人潮汹涌，队伍挤得快要爆炸了。

这时,马胜利正挤在队伍中间,龇牙咧嘴,仿佛已经被挤得肠穿肚烂,正痛苦地痉挛。

朱小路敲了敲瓷盆,叫道:"马胜利!"

马胜利循声看到了他,立刻把身体吃力地弓了弓,弓成一枚老龙虾的模样。这样,朱小路就可以很顺利地插队在他前面了。

但朱小路今天不想插队,他把瓷盆递给马胜利,"你帮我打吧,什么菜都行。"

马胜利像看着一头怪物一样看了看他。说:"行。"

坐在操场边上吃饭时,朱小路依然一言不发,把头埋在瓷盆里,吃得欢实。

马胜利说话了:"怎么地?瞧你今天有心思。"

他停下嘴,头却没动,依旧埋在瓷盆里,嘴里包着一口饭。

马胜利继续说:"我是看出来了,你一个上午都在想着柳叶!"

朱小路头也不抬,嘴里却说:"胡说!"

马胜利笑了笑,像只小公鸡,说:"别以为我没看出来,你瞒得了其他人,还逃得出我的眼睛?你上课的时候眼睛都放在柳叶的胸脯上,差点放绿光了。"

朱小路不说话了,继续吃饭。

马胜利歪歪地偏过脑袋,"其实我也有很多事情想不通……为什么女人的胸部会长那么大呢?"

朱小路瞥了瞥他,"少见多怪!"

马胜利闷闷地说:"你当然见得多,家里有三个姐姐,怎么也都见识过。"又突发兴致一般地问,"哎哎哎,你倒说说看,你三个姐姐,哪个的胸脯子最大最好看?"

朱小路很生气地将瓷盆一把扣在马胜利头上,"你叽里咕噜啰唆个什么?还有完没完?"

马胜利挨了骂,也不出声,闷头自顾自吃饭。

饭吃完了,他的话也来了:"我就是不明白,女同学原来都和我们一样的,怎么这么快,她们的胸都突然就长大了?"

朱小路嘴里嚼着草根,眼望着天上的云,不说话。

马胜利闷闷地继续说:"你一点儿也不觉得奇怪吗?那些女同学胸部原来都是空的啊?……还有……我最近也觉得胸前老是发胀,老是去抓,把两个乳头都抓红了,我是不是也会长得啊……别的男同学都没有长,如果我长得很大?那——那——以后怎么上体育课……"

望着天空的朱小路,终于忍不住哈哈笑了,他看着一脸无辜而惊恐的马胜利,笑得前俯后仰,人仰马翻,倒地不起。

马胜利不解地看着他,继续胆战心惊地说:"你有没有发现……有些地方正在长毛?"

朱小路忍住笑,一本正经地说:"真的吗?我没长啊,你不会生了病,要变成女人了吧?"

马胜利这下更慌张了,嘴巴里嗫嚅道:"完了完了,那怎么办?怎么办啊。"

朱小路说:"你扒下裤子,我给你看看。"

马胜利言听计从,立刻转身,悄悄地做着整理裤带的假动作,顺利地解开裤子上的扣子眼。

马胜利指给朱小路看,"看到没看到没?我的妈呀,我晚上睡在床上还拔过几次,怎么越拔越多啊?"

朱小路使劲地扒拉着马胜利的裤子,他看见马胜利的双腿正在料峭的春风里瑟瑟发抖,看见了一片野火烧不尽、春风吹又生的小草,正顽强地拱破土层。

他终于忍不住,开始哈哈大笑起来,笑得张狂而飞扬。

马胜利慌慌张张地拉上裤子,赶紧问:"怎么样?你长了吗?"

朱小路笑得更厉害了,笑得捶胸顿足,摇头晃脑,他没想到马胜利傻到这样白痴的程度。

他说:"你没看到杨天军和苟来宝他们在厕所里比谁尿得高吗?"

马胜利摇摇头。

朱小路一巴掌拍在他后脑勺上,说:"你都十四岁了,马上要成为男人了。"

马胜利这才露出惊喜的笑容,"这么说,我不是要变成女人了,这是正常的?"

朱小路敲了敲他的头,一本正经地说:"其实,我也有件事情一直想不通……"

"什么事情?"马胜利问。

"还是不要想了吧,其实也没什么大事。快回去洗瓷盆,下午要上体育课了。"朱小路拧着马胜利的耳朵,一拉一扯地回了宿舍。

下午的体育课,是两个班一起合上的大课。学校体育老师不够,就一个,所以通常都是由他一人每天带两个班级上课。

这位体育老师姓黄，叫黄祖云，微胖，不多说话，更少嬉笑，总是将双手背在身上，放在屁股上。有人说他从前是练摔交的，所以屁股被摔得疼了，要每时每刻都放在上面，不时揉一揉。还有人说他遍访三山五岳，学得一些轻功和武术。因此，黄老师的体育课，永远充满了敬畏和幻觉。

但黄老师的课，却几乎总是一个模式，让人琢磨不透。起先的15分钟，总是跑步。先慢，慢得像一只野猫在闲庭信步，后快，快得如一头猛虎要下山扑食。然后的15分钟，总是投铅球扔铁饼掷标枪。最后的15分钟，总是练体操玩游戏。

他们那天的体育课，发生了一件巨大的震惊校园的流血事件。

这一天的流血事件，与朱小路和马胜利无关，但他们非常怀疑一同来上体育课的另外两个校园恶霸——杨天军和苟来宝。

那是他们在投铅球的时候，突然听到女生那边传来一声惊叫："呀！她流血了！"

人们飞快地聚集过去，黄老师率先到达该女生所在的位置。

朱小路和马胜利扔下铅球，飞快地向人群围过去。

他们在奔跑时，眼角看到了杨天军和苟来宝——两个人就在距离该女生不到两米远的地方，双手抱胸，眉梢嘴角露出狰狞而放荡的微笑，既不走过去安慰受伤的女同学，也不惊奇呼号。

这使得朱小路、马胜利二人，从头到脚相信坏事一定是由这两个坏蛋做的。

朱小路很快就发现躺在地上的是马胜利曾经在食堂里耍流氓的女生——穿着红底白点羽绒服，像只七星瓢虫的陶淘。

陶淘躺在地上,脸蛋通红,嘴唇紧咬,浑身好像抽筋一样抖动着。她因为恐惧和慌张而引发的哭声,开始向四周蔓延。

人们发现,陶淘白色的运动裤已被鲜血染红。

马胜利心情特别激动,跑上前去,蹲在旁边,扶起她的头,喘着呼呼的粗气,紧张地问:"你怎么了?你怎么了?你被谁欺负了?快告诉我们!我们帮你揍他!"

黄祖云老师很快用手拨开马胜利,扶起了陶淘,大声地命令道:"男生都出去!男生都继续投铅球!这里没事儿!"

很快地,黄祖云和众多女生就把陶淘围成了一个圈儿,把男生挡在了圈外。

朱小路和马胜利也被人挤了出来,他们像两只热锅上的蚂蚁,站在成堆的女生外面,钻不进去,只有干着急。

"是不是摔断了腿?"朱小路问。

"我看不是,一定有人打了她!"马胜利气呼呼地说。

"打了?是哪里被打了?"

"……不是胸部,就是屁股……"马胜利说。

他们看着不远处的杨天军和苟来宝,两个人狞笑着,若无其事地抱着铅球,在草地上走来走去,装模作样地扔来扔去,不时朝这边望望。

马胜利咬牙切齿地说:"一定是那两个兔崽子干的!一看就知道他们没安好心!一定是想着上次被我们揍了,要报仇!"

朱小路摸摸脑袋,被眼前的局势一下搞得混乱了。他也搞不清这到底是怎么一回事,"但是……但是他们要报仇,应该要找我啊,为什么要打陶淘呢？奇怪……"

马胜利气呼呼地说："这就叫柿子专拣软的捏！这两个王八蛋！"

朱小路突然笑了起来，"原来你是惦记着陶淘的屁股啊。哈哈，看你这股吃醋劲儿，好像她是你媳妇一样。"

马胜利一下脸就红了，"我这是……打抱不平！"

这时候，黄祖云已经背起陶淘，飞快地朝校外医院奔去，两三个女生，跟在他的旁边。

这一天放学后，马胜利一个人冲出教室，在灰暗的角落里拦住了杨天军和苟来宝，他一口咬定是杨苟二人试图对陶淘不轨，被她发现，才用铅球将陶淘砸出血来。

听完他的论述，杨天军和苟来宝哈哈大笑了数十秒，然后将他按在墙角，一顿拳打脚踢，直到把他打得鼻青脸肿，临走时丢下一句话："马胜利，你是个超级傻瓜！人家来了月经，关我们屁事。"

这天晚上，朱小路躺在床上翻来覆去地睡不着，半夜里，他爬起床来，走到破烂的窗户口去，看了一会儿月亮。月亮把陈旧而脏乱的校园遮蔽得光华流转，充满诗意的幻想和迷蒙。

白天里那一堆堆垃圾，那一片片吃剩下的饭菜汤水，那些野草和烂砖头，全部被月光美化起来，好像撒上了一层银白色的粉末，一切都变得如此曼妙。

朱小路脑袋里乱糟糟的。他今天很走神，很多事情越来越奇妙起来，身体里仿佛有一千条绳子在拉扯着自己，朝一个不知名的方向走去。

朱小路一个人在窗户边望天望地。回头来准备睡觉时，差点碰到了马胜利的脸。他吓了一大跳。马胜利一头猪鬃一样的头发，乱蓬蓬地横生倒长，脸也好像肿大了一样，阴沉沉地被月光笼罩着，仿佛恶鬼挡道。

朱小路吓得差点倒退几步，他一把拧住马胜利，"你想吓死我啊！"

马胜利耷拉着脑袋，"我也睡不着，看到你趴在窗户边，我以为有什么稀奇可以看呢。"

朱小路没好气地说："只有一个鬼。"

"什么鬼？"马胜利吓得眼睛猛地一下睁大了，头发突然全部竖了起来，后脑勺的一阵冷风，让他情不自禁地打了两个冷战。

朱小路敲了马胜利两下，"你睡不着是吧？我们到外面去打鬼。你敢不敢？"

马胜利哆嗦着说："有有有什么不不敢？你敢去，我也敢！"

当下说定，两人披了衣服，趁着早春的月亮，慢慢地走到寝室外面。

他们漫无目的地在狭窄的校园里晃荡。朱小路首先发问："马胜利你好好说，你为什么睡不着？你心里装着什么鬼？"

"……我也没什么……鬼……就是……喜欢胡思乱想……"

"想什么？"

"……"

"快点说！"

"……嘿嘿……"

"说不说？不说以后没人帮你打架了！没人罩你了！"

"我说！我说！我不就是想个人嘛。有什么说不得的。"

"想陶淘吧？呸！你这小杂毛的几条花花肠子我还摸不清楚？"

"你别那么大声嘛。我也不想想她啊，但一躺下就是忍不住要想她……"

"你想个屁！"

"我老想着能抱着她就好了……"

"看你这样儿！"朱小路一下笑了，拧着马胜利的耳朵往前一摔。

马胜利摸着被拧疼的耳朵，回头来说："睡不着的又不是只有我一个人……你不照样睡不着……你自己想哪个你自己心里明白！"

"我想哪个？"

"……不是柳老师……就是陶淘！"

"胡说！"

"我看你八成是想柳老师了，你上课的眼睛早就不对头了。东瞄西瞄的，就差拿着一把尺子，上讲台去量尺寸了！"

朱小路转手拉扯了马胜利几把，将他推搡得快要骨头散架，"你小子乱说，小心我割你舌头。"

马胜利故意像段木头一样被他拧在手里，耷拉着脑袋，做个鬼脸，眼睛向上翻着，舌头吐出好长一截，"你割呀……你割呀……你小子倒是来割呀……"

朱小路一下笑了。

马胜利鄙夷地说："早就看出来了，你盯着柳老师又不是看了一天两天了。你喜欢她就喜欢她，有什么了不起的。她也比我们大不了多少岁,喜欢她难道犯法啦?喜欢她难道要坐牢啊?"

朱小路松开马胜利,一屁股蹲在水泥台阶上。他把玩着一块石头,说:"我是喜欢柳叶,这不算什么。"

沉默了一阵,朱小路把小石头扔了出去,石头滑过一棵大树,挂得枝丫叮叮当当。

"只是……我从来没有喜欢过女人,特别想见着她,见着她又没话说,不见她心里闷得慌——真奇怪。"

马胜利在他旁边坐下,好像个大人一样拍了拍朱小路的肩膀,"这有啥奇怪的,小伙子,说明你长大了,可以喜欢女人了!但是你比我们都强,我们只敢喜欢女同学,你敢喜欢女老师!这是一大进步啊!"

朱小路把马胜利推了个趔趄,"你小子就胡说吧,只要有第三个人知道,看我不扒了你皮。"

马胜利缩缩脑袋,说:"怎么会?我怎么会说你的事儿?我才没那闲工夫呢。"

"不会就好!"

"要不我发誓!"

"发誓顶个屁!"

"那我们结拜个兄弟好了,结拜了我就再也不会背叛你了!"

朱小路想了想,不置可否地说:"就你多这些馊主意!"

马胜利一扯朱小路衣袖,"你跟我来!"

俩人顶着洁白的月光,像两条小毛虫蠕动着,他们走到操场上一处僻静的角落里。马胜利一拍脑袋:"哎呀,没准备酒水怎么行?"

他立刻奔回寝室,取出吃饭用的瓷盆,走出校园的侧门,在那条静静流淌的小河里,舀起两盆冷滋滋的春水。

他们来到了跑道边,那排雄伟的水杉树底下,残忍而豪迈地践踏了某个住校老师垦荒种下的一小块蔬菜。两人就立在这畦蔬菜地上,双双跪倒在一片皎洁的月光下,完全模拟了武侠剧里的一幕幕,共同念道:"今天,我朱小路(马胜利),和马胜利(朱小路)结为兄弟,有福共享,有难同当,有饭票同用,有裤子同穿,天地为证,日月为鉴,如有违反誓言,愿受老天惩罚,把我打入十八层地狱,永世不得翻身。"他们在说这段话时,显得庄严而肃穆。

宣誓完毕,两人为自己的这番英雄壮举感到万分兴奋,端起摆在面前的瓷盆,准备将里面的水一饮而尽。

这时候,马胜利叫了一声:"呀,我的水没了。"

他把盆举到眼前仔细一看,原来是盆底有好大一个洞,河水已经漏光了。

朱小路说:"不是说有福同享吗?我这里还有好大一盆水,来,我倒给你,一起喝!"

于是,两人很快平均分配了河水,趁着水还没漏光,赶紧倒进了肚子里。

对着月亮的方向,他们如捣蒜一般磕起头来——尽管没能完全掌握磕头的技术要领,只是一味地把头和手往泥土里栽,好像要把地面敲出一个洞来。

突然,跑道那头的围墙"啪"地一声,掉落了一块砖头。声音清澈而犀利,穿透沉寂的夜空,飘荡在整个校园,充满了诡秘。朱小路和马胜利一下僵直在那里，一动不动，完全被这一声镇住了。

清冷的夜空中，一只不知名的鸟儿从水杉树上振翅而飞，零落下一片圆润的尾音。过了片刻，朱小路先回过神来，对着马胜利笑了笑，表示没事儿，正想起身回寝室。

突然，围墙旁又响起了"啪啪啪"一连串的响声，好几块砖头争先恐后地掉落在地上。两人再一次被震住。

他们一动不动地朝围墙那头望去。在清冷的月光里，在高高的水杉树下，大片的阴影笼罩着，他们蹲在黑暗的慌乱和猜疑中。

朱小路轻声说："我看到有个黑影子翻过墙去了，可能是一只猫。"

马胜利不敢说话。他觉得朱小路在自己给自己安慰。

两人慢慢地站起身，靠到围墙上去。他们把眼睛圆睁着，一眨也不眨地盯着围墙的那头，刚才发出奇怪声响的位置。过了一会儿，一条鬼魅一样的黑影，像一条带子一样，嗖地一下，从墙内飞到了墙外！

这条黑影，差点使他们的眼球滚落在地，惊讶的马胜利张大了嘴巴，吐着舌头，一声惊呼被朱小路迅速地捂回了喉咙，只留下轻轻的呜啊呜啊。

马胜利迅速拽住了朱小路的衣服，他的心脏开始怦怦怦地往外蹦，身体开始发抖……

朱小路和马胜利，一前一后，像两个小偷，以极其缓慢而不至于发出任何一丝声响的脚步，慢慢向围墙那头走去。

朱小路几乎已经肯定——那是个手法绝对高明的小偷。

15.

柳叶刀与双结义

朱小路和马胜利,两个人终于走到那坯老墙底下,终于接近了滚落墙砖的地方。他们探过头去。

透过墙砖塌落的地方,围墙的那一边,两条黑影正迅速而饥渴地纠缠在一起,像一只麻花一样紧紧缠绕着。他们的双手在对方身体上狂乱地游走。他们如此迅速地粘连在一起……

背靠在围墙上,两人猛烈的动作撼天动地。躲在阴影里、惊恐得半天没合拢嘴的两个学生,突然听到了一丝奇怪的响动。

在经过这个春夜一次次惊涛骇浪的袭击后,陈旧的围墙发出嘣的一声,接着便轰然倒塌了!砖头纷飞。尘埃扬起。

朱小路和马胜利被砸到没有?当然没有。他们像两只兔子,一下就窜了出去,很快撒丫子跑回了寝室。他们捧着自己的心脏一样,浑身颤抖不已,迅速钻进了被窝,头靠头,使劲憋着粗气,让自己的呼吸慢慢变得匀称。

他们开始在脑海中,迅速地回放刚才的那一幕。一个男人。没错。

一个女人。也没错。

他们疯狂的举动,导致了学校围墙的倒塌——这是闻所未闻的一次大事件!这是惊世骇俗的一次巨大创举!

朱小路和马胜利,这两个中学生,趴在墙角,看到了他们不该看到的一幕。他们的眼睛受到了玷污。他们正不断地用手去揉自己的眼睛,仿佛不相信刚才发生的事情是真的。

马胜利战战兢兢地说:"你看清了吗?"

朱小路点点头。

"你真看清楚了吗?"

"你这不是废话嘛。"

"我是说……有一个女的……"

"……"

"你没看清楚吗?"

朱小路不做声。

"我好像看清楚了……那是……柳老师……"

朱小路像头死猪一样,一动不动。

马胜利突然一拍脑袋,从床上挺了起来,"完了!我们的瓷盆忘记拿了!"

这一下把朱小路也惊住了。他掀开被子,穿上衣服就往外走。他的身后跟着惊恐不已的马胜利。

他们继续一前一后,猫着腰向围墙走去。这一次,他们更加警觉,更加小心,每走一步就要朝四周瞄瞄。

他们踩在黑煤渣铺成的跑道上,踩在一片倒伏的青菜地上,最终抵达了那片倒塌的围墙,躲在班驳的树影里,直到静静地等待了十多分钟,确定两个纠缠不已的男人和女人确实已经离开后。他们静悄悄地走过去,借助着潇洒的月光,在那一长溜倒塌的砖头中,翻找起来。

这扇十多米长的围墙,已经完全倒塌,萎落在地,像一摊鸽子飞过后留下的羽毛。从这一头,一直到那一头,竟是如此地遥不可及,仿佛一条小小的长城。

这一条年久失修的旧墙,葬送在一次翻天覆地的移山填海运动中。

他们翻开一条条灰白的砖头,或断裂的,或完整的。但是,最终还是失望了。这长达十多米倒塌的砖头里,没有发现那两个瓷盆的影子。两人彻底绝望,垂头丧气地回了寝室。

第二天清晨,校园里异常热闹和兴奋。

孩子们经过那一堵已经倒塌的围墙,纷纷停下脚步,七嘴八舌,对着那散了长长一地的砖头,说:

"昨天肯定有人偷爬围墙到录像厅去了。"

"我看还不止一个人!"

"什么一个人,我看至少有十个人同时翻过去!"

"那肯定是出去打架的!"

围在砖头边的一大捧学生,都哈哈大笑着,谈论这堵倒塌的墙。那些可怜的砖头,躺在地上的砖头,垂头丧气,一肚子的苦闷无法言说。

朱小路和马胜利也夹杂在人群中,静静地观察着局势的进展和变化，还有点提心吊胆。

因为那两只瓷盆。那两只记录了他们结拜兄弟，发誓将来要患难与共的喝水吃饭用的盆子。

马胜利一偏脑袋，笑咪咪地对周围的同学们说："嘿，听说昨天学校遭了贼，原来是从这儿进来的！"

朱小路莫名其妙问："哪儿来的贼？"

"听说有好几个老师家里都被偷了东西呢！有几个人追赶了好远……"

"追到没？"人们问。

"没追到。"

"那到底丢了什么啊？"

"现在还不清楚，但是那贼很可能就是从这堵墙上翻过去，才跑掉的！"

"哦。"人们好像恍然大悟。

"到处找找看，说不定有逃跑时掉下的宝贝！"

人群呼啦一下散开了，立刻围绕着长长的已经倒塌的围墙逡巡起来，他们像寻找蚂蚁一样，在砖头堆里翻找起来，不放过任何的蛛丝马迹，不放过一坑一穴，一片泥土一片菜叶。

突然，一个学生在墙那边大叫了一声："哎呀！快来看！"

人群呼啦啦一下全围了过去。

"这里有好多脚印！"

"青菜都踩死了！"

男生仔细地拨弄了几片菜叶，突然又发出一声惊叫："哎呀！

血！"

人们看到隐约的几滴鲜血散落在菜叶上和砖头上。

"小偷被砖头砸伤了！""小偷被砖头砸伤了！"学生们奔走相告。虽然他们在寻找的过程中，没有发现任何奇珍异宝，但几丝血迹，已经足够让他们无比骄傲和自豪，好像这血不是小偷自己被砸伤留下的，而是他们三拳两脚击败小偷获得的。

众多的人们，仍然没有发现两个瓷盆的踪迹，马胜利感到十分沮丧。

回到寝室后，朱小路问："你怎么说进了小偷？还很多人追赶？这分明是造谣。"

马胜利说："这是和稀泥，转移视线，降低我们被发现的风险，大家也不会怀疑到柳老师……和那个人头上。"

朱小路有些郁闷。

这一天清晨，围绕着倒塌的围墙，学生们如此兴奋，从此以后，他们就可以不再费力地攀爬铁门和砖墙了。那些夜晚逃跑，出去打游戏机、看录像、溜冰的人，从此以后，大可堂而皇之地出入。

下午上体育课的时候，黄祖云老师沉闷了很久才开口："今天中午，有同学在操场上捡到了两个吃饭用的瓷盆。你们谁掉的？自己去找食堂师傅领。"他说这话时，显得很轻巧，仿佛一切事情都与他无关。

但朱小路和马胜利两个人，这时候心里开始打鼓了。他们找了一天一夜的瓷盆，突然一下钻了出来。这个惊讶的出场，让他们提心吊胆，不能出声。

久经沙场的朱小路和马胜利,站在人群里,若无其事,头不偏不倚,脚不歪不斜,没有一处发抖打颤,看上去与其他蒙在鼓里的同学毫无二致。

黄祖云扫视了一周,没有发现哪个学生有异常。他看上去有些疲惫,戴了一副宽大的墨镜遮蔽黑眼圈,他发胖的身体显得更加浮肿,圆形的脸庞更像太阳。

他的双手依然背在背后,靠在屁股上,"今天只练习投掷铅球。"顿了顿,他眉头微微皱了一下,解释道,"围墙坏了,跑道上的砖头还没清理,所以……今天就不跑了。"

学生们开始像一条条蠕虫一样,四散开去,慢慢地捡起地上的铅球,开始向远方扔去。

朱小路和马胜利夹杂在人群中,也捡起铅球,站在距离对方五米远的位置,开始互相扔起来。他们不时拿眼睛瞟两眼黄祖云,看到他一个人走来走去,走去走来,偶尔伸伸脖子,看一下倒塌的围墙。

或许他自己也没弄明白,怎么在那么短短的几十分钟里,就把这堵老墙给整塌了……

终于到了吃晚饭的时候,朱小路和马胜利,等先去食堂的同学吃完饭后,准备去借饭盆。他们就像两个心怀鬼胎的小贼,走几步就要回头望望。

站在卖饭的窗口前,两人完全没了往日的潇洒与豪迈,仿佛刚刚偷窃了情报的间谍。那两只瓷盆,通过窗口望进去,可以很准确地看到,就放在饭屉旁边。

朱小路起先就想把瓷盆拿走,但遭到了马胜利的强烈抗议和激烈反对。

马胜利说:"这明显是一个诱饵。"

朱小路心一横,"管他呢!是我们的东西就该拿回来!"

马胜利狠狠地跺脚,"你这不是故意往圈套里钻吗?明显是黄祖云引诱我们去领瓷盆,他好知道是谁看到了昨天晚上他干的好事——到时候,还有我们的好日子过?"

朱小路不吭气了。

……

他们站在买饭的窗口前,看了两眼瓷盆。这时候,马胜利清楚地看见,几乎从来没在食堂出现过的黄祖云——这个整天在揉屁股的体育老师,此刻正坐在掌勺师傅的旁边,一边吃饭,一边和师傅们谈笑风生。

黄祖云一回头,看到了朱小路和马胜利。

他微笑着和他们点头打招呼。

他停下了手中的筷子,叫着他们的名字:

"朱小路。"

"马胜利。"

两人有点受宠若惊。

黄老师坐着没动,把头埋进饭盆里,吃了一口,又好像想起了什么事,抬起头来,仍然微笑着问:"这两个瓷盆是你们的吗?"

马胜利连忙笑着说:"两个瓷盆?哦,那不是我们的。"

黄祖云又吃了一口饭,依然若无其事地问:"那你们知道这两个饭盆是谁的吗?"

马胜利又说:"哦,你是说这两个吗?太难看了,好丑。不知道,没见过。"

黄祖云没有再问,他把头埋进自己的饭盆里,继续吃饭。

朱小路和马胜利从食堂里逃了出来。

马胜利一遍遍地摸着急速跳动的心脏,嘴里一个劲地说:"好险!好险!"

朱小路也不理他,端着借来的饭盆,往外走去。他在教师宿舍区转来转去,最后来到了柳叶老师的房门前。

柳叶的房门虚掩着。朱小路把耳朵靠上去,想偷听一下里面的动静。

突然一下,门呼地打开了。柳叶站在他面前。朱小路抬起头来,差点撞到她的胸上。

柳叶看上去如此憔悴,她披着棉衣,脸色苍白,嘴唇干枯,眼圈乌黑,头发凌乱,没有了眼镜,木然地站在门前,空洞的眼神看着朱小路。

"是你……"柳叶把朱小路迎进了房间。自己脱下鞋子,和衣钻进被窝里,闭了一会儿眼睛,又睁开来,看看朱小路,"你有事吗?是不是又惹姐姐生气了?"

朱小路说:"不是。"

柳叶眯着眼睛不再说话了。

朱小路一个人闷着头说:"听说你病了,我来看看你。"

柳叶把头偏过来,"我病了?谁说的?"

朱小路站起身来,"看你这样子就知道……你还没吃饭吧?恰好我刚才在食堂打了饭,给你吧。"他站起来,从她柜里掏出碗,把饭菜倒进碗里,端到柳叶跟前。

柳叶静静地看着他做着这一切。看着他小心地走到自己面前,突然忍不住一下笑了,笑得像一朵秋天的菊花。笑容慢慢地渗透、荡漾在她脸蛋上,把她泛白的嘴唇拉开。她的笑慢慢地转变成了哭,虽然嘴角还挂着微笑,但眼角已滴下一颗颗泪珠来。

柳叶很艰难地立在床头,端起朱小路递过来的碗,一口一口把饭拨到嘴里。她的泪珠也掉进饭菜里,一起拨到嘴里去。所以,她看上去十分狼狈,不知道是在吃饭,还是在吃眼泪。

她吃了几口,便停下来,把碗放在了一边,惨白地笑了笑,对朱小路说:"小路,你过来。"

朱小路走到床边去。柳叶一把抱住了朱小路。

她把眼泪和鼻涕全部擦在朱小路身上。她一会儿笑,一会儿哭,不知道是在笑还是在哭,或许是一边哭一边笑。

"来看我的为什么会是你?"

"……"

"小路,你是个好孩子……"

"……"

"我以为我快要死了,如果没有人来理我,我就一直躺下去,直到饿死、冻死、病死……"

"……"

"小路,去把你姐姐叫过来。我有话对她说……"

柳叶擦干眼泪,凄然地对朱小路笑笑。

那个早春的黄昏,校园里四处都是学生在跑动,老师们在自家屋子里抽烟,吃饭,吵架,在菜地里倒马桶。而朱小路,他借助着那抹金色的夕阳,一路奔跑着,朝着三姐朱小红做裁缝的小店跑去。他看上去像一条金枪鱼,在空气里迅速地游动。

娇小身躯的朱小红,很快来到了柳叶的房间。

柳叶一下子扑到了朱小红的怀里,此时的她,像孩子一样脆弱。她开始号啕大哭,把眼睛嘴巴和鼻子都哭得皱成了一团,完全变了模样。

"呜呜呜,小红,我快要死了……从昨天晚上到现在……我……病得……不轻……呜呜呜,我什么东西都吃不下……没有人知道……我生病了……我就要饿死了……病死了……小红……"

朱小红抱着披头散发的柳叶,她也懵了,她迷离的眼神看着柳叶,不知道发生了什么事情。

柳叶突然松开朱小红,掀开被子准备起身。但她太脆弱了,手刚伸出去,头一晕,又立刻倒回了枕头。

朱小红马上把她扶起,她一手撑着头,一手摸索着要去厕所。

朱小红马上回头来对朱小路命令道:"你出去。"

朱小路说:"哦。"

朱小红又补充道:"出去把门关上。"

她扶着柳叶进了厕所。这时候,她才发现,厕所里到处都是鲜红的血迹,到处都是被鲜血渗透的纸团,满满一地,触目惊心。

她觉得有股寒气正从脊背上冒起来。

柳叶脱下裤子,换下那条已经被鲜血渗透的卫生巾,一边哭,一边用纸巾擦净下身。朱小红倒吸了一口凉气。她看到柳叶的内裤上，也已经有殷红的颜色。她看着柳叶，半天说不出话来。

柳叶穿好衣服，准备继续躺到床上去。

这时候，瘦弱而倔强的朱小红，这个小镇上的裁缝西施，这个嘴唇像两把小剪子的小女人，这个还没见过女人血崩的小姑娘，她坚定地把昏昏沉沉的柳叶，背在了背上。

"走，我们上医院去！"

那一天，柳叶让穷苦人家的孩子——朱小红和朱小路，救了一命。

后来，她躺在病床上，头缠白布，挂着微笑，对朱小红说："小红姐，今生今世我都忘不了你，是你救了我的命。"

朱小红微笑地看着她，也不多说话。

"小红姐，我住院的这几天……有没有什么人来过？"

"有很多学生和老师来看过你，但没你想的那个人。"

柳叶心头一震，眼角有泪往上涌，"我知道他不能站出来。我不怪他……"

"自己人都快死了，你还这么念念不忘？呸，他也算个男人？……"

"他有老婆孩子，不能怪他……"

"他都快把你害死了。你自己还不明白？"

柳叶带着哭腔，一句话接不上来，喉头哽咽，眼泪突然一下奔涌而来。

朱小红撇过头去，在眼角抹了抹。这时，朱小路悄然地走进了病房，他看见从没流过眼泪的姐姐在悄悄地擦泪。

朱小红突然扯着嗓门，睁圆了两只眼睛，对朱小路吼："你出去！男人都他妈不是什么好东西！"

就在这天下午，朱小路路过黄祖云家门口的时候，赫然发现自己和马胜利的两个瓷盆，都成了他家的花盆，装满了土，土里生出一枝不知名的植物。

一个女人一边给植物浇水，一边嘟囔："怎么还有个盆是漏水的？"

黄祖云的声音便从里屋传出来："那你浇点粪肥呗！"

朱小路气得半死。他心想："我们用来吃饭的家伙，你们用来养花。我们用来装菜的盆子，你们用来施肥，这简直是个恶毒的诅咒！"

晚上，朱小路扯着马胜利，坚决要为两个牺牲的饭盆讨回公道。

马胜利却不愿意随他去，"饭盆都变成了屎尿盆子，还去讨这臭味干吗。"

朱小路不乐意了，"你这人没一点儿骨气！"

马胜利说："要忍着，小不忍则乱大谋。"

朱小路踢了马胜利一脚说："你忍着吧，小心憋成尿结石！什么大谋小谋！我只有鸟谋！"

说完这话，朱小路把马胜利一个人抛弃在了路边，他独自一人去了教师宿舍区。他佯装自在地走过黄祖云的家，路过门口时，顺手把走廊阳台上的两盆花推下了楼。接着，楼底下传来啪啪两声，两个花盆肯定摔得粉身碎骨了。

朱小路像箭一样飘到了楼下，整个教师宿舍区一片寂静，只有几户还在批改作业的老师家里，亮着晕黄的灯。没有一个窗户打开，没有一扇门打开,没有一个人走出来。

他刚才的举动,显然没有在寂静的夜里引起多少实际效果,没有把这夜晚的搅动起来,没有把这宁静惊醒过来。

没有完全泄愤的朱小路,顺手从地上捡起两块石头,朝着黄祖云家的窗户狠狠地扔去。啪啪两声清脆的声音,随后有碎裂的玻璃片随风起舞,继而尖利地掉在地上。

一个雄浑的声音立刻从屋子里飞了出来:

"谁?!"

"是谁?!"

朱小路没等这两声叫唤落地,便飞快地逃离了作案现场。

第二天上体育课。黄祖云铁青着脸,一遍遍练习队列,他自己则背着手,立在一旁冷静地看着,眉头紧锁,两眼放出肃杀的光。

"立正!"黄祖云开始用他杀人的眼睛,盯着人群里看,像两只探照灯一样,在队列里照来照去。他的眼睛令学生的心都吊着。因为很早以前,传说他一不高兴,就会让学生跑圈,十五圈跑下来,跑到日落西边,乌鸦归巢,跑得人面目全非,浑身骨头仿佛拆卸了下来。所以,一拨一拨的学生都畏惧他久已流传的盛名。

他的眼睛最后落在了朱小路和马胜利身上。

他剜人的眼睛定定地看着朱小路和马胜利,一动也不动。其他人悄悄地侧过脑袋,斜过余光,偷偷看看朱小路和马胜利。大家都不知道这两个鬼鬼祟祟的家伙如何得罪了这位冷面佛爷。

队伍里不发一声。黄祖云的眼光越来越冷峻,仿佛两只利箭,正逐渐向后缩,正贴着一张越来越紧绷的弓,它后缩得越深,越可怕,越有威慑力和震撼力。

他看看朱小路,又看了看马胜利。他的眼睛最后落在了马胜利身上。

这时候,人们看到马胜利像触了电一样,浑身一激灵。接着,站在他后面的一个女生叫了起来:"呀!他漏水了!"

男生们立刻哄堂大笑起来。

"什么漏水了,分明是他把尿撒在裤裆里了!"

人们嘲笑着身体有些颤抖的马胜利,嘲笑着这颗正在茁壮成长的小黄花菜,他们觉得这一切简直不可思议。都已经上初中的学生了,居然还把尿拉在了裤裆里。

黄祖云没把学生的笑声当回事,也不嘲笑马胜利尿湿裤裆,而是全当什么都没发生一样。他把眼光一收,问:"马胜利,你的饭盆呢?"

马胜利不敢拿眼睛看老师,低头,也没说话。

"朱小路,你的饭盆呢?"

朱小路垂着眼皮,看着草地上两只蚂蚁爬来爬去,仿佛一根木头一样,也好像什么事都没发生,什么事都与他无关。

黄祖云也不盯着这两个反常的哥们儿看了,他缓缓地走来走去,走去走来。

他说:"其他人自由活动,朱小路和马胜利留下。"

朱小路和马胜利就像两只木棍一样,杵在原地。

马胜利的双手牢牢地贴着裤缝,站得很直,朱小路却依旧看着地上两只蚂蚁搬家,分散着自己的视线和注意力,以保证自己不被纸老虎吓倒，更不至于像马胜利一样，被吓出尿来。

黄祖云把两只手背靠在屁股上，仿佛背着手，又仿佛揉着屁股，他以朱小路和马胜利为核心，一遍遍地画着圆圈。最后，他开口说话了："我把饭盆放在食堂里，让你们去拿，你们为什么不拿？难道还要我送到你们寝室吗？"

"想给你们，你们不要。等我合理利用了，栽花养草了，你们来捣乱，搞破坏，扔掉盆子，毁掉花草，还把我们家玻璃砸得稀巴烂。你们到底是不是学生？你们当自己是土匪啊！是强盗啊！真不知道你们思想品德课是怎么上的！其他的我就不多说了，你们负责把花给我重新栽好，我也再给你们赔两个新饭盆——毕竟是我不该用你们的饭盆种花。这件事情就到此为止，我也不想再追究了。你们——也不要到处乱给我惹祸，添乱，否则要你们好看！解散！"

黄祖云依旧把手背好，走到正在练习的学生中间去。

马胜利，这个如临大赦的孩子，终于长吁了一口气。朱小路却依然望着地上两只搬家的蚂蚁。

16.

被恐吓的裁缝西施

没什么大毛病的柳叶,很快就病好出院了。从此后,她和朱小红俨然一对亲姐妹,在对方的空间里愈加频繁地来回穿梭。

她走路轻轻巧巧地,像一片柳叶儿,像一只蝴蝶儿,偶尔,在走出校门的路上,会遇到"黑云压城城欲摧"的黄祖云,从远远的小街上走回学校来,一手挽着他怀孕的老婆,一手提着菜。她会远远地绕个弯儿,避开去。

有一次,柳叶低头急急地走,不料迎面和黄祖云撞了个正着,擦着肩膀就要走过。黄祖云雄厚的咳嗽声一下把她惊得额头冒汗。她抬头来一看,正碰着他的眼神,里头有很多话,很多语言,一股脑全丢进了柳叶的眼睛里。柳叶一时接不住,也不知道说什么好,就急匆匆地,踩着两片祥云般轻轻飞走了。

晚上,柳叶和朱小红靠在床头,准备睡觉时,她们对黄祖云的评估开始有了争执。

"君生我未生,我生君已老。君恨我生迟,我恨君生早。爱情啊爱情,你这折磨人的鬼东西。"

"爱情?爱情是个鬼,听到过,谁也见过!他对你不管不顾?还算是个男人吗?这是爱情吗?顶多算是奸情!"

"小红,你别这样。他有苦衷啊,我们还要继续在这里生活、工作……"

"我没读什么书,这些我不懂。只有一条——他如果喜欢你,就应该关心你,照顾你,而不是伤害你。"

柳叶和朱小红两人,她们对于黄祖云的争论一次次地升级。在柳叶眼里,黄祖云表面薄情寡义,但骨子里珍爱着她,只是碍于客观局面,他无法站出来,和她并排站在一起。

在朱小红的眼里,黄祖云则纯粹是一条专门袭击年轻姑娘的狼。

这一年的春天,万物开始苏醒,在柳叶寂寞的灵魂里,所有的情愫都纠结着,冲突不出。

上完课后,她常常站在教室门口,静悄悄地看着操场上带着学生训练的黄祖云,从窗户里,从栏杆缝隙中,从杨树叶后,看着他,一声不吭,面无表情,深沉的眼镜架在她鼻梁上。

她似乎常常忘记周围的一切,直到她身后,众多调皮的学生,把课文读成一锅咸菜,读得唾沫喷溅,乱成一锅稀粥。

她最亲爱的学生马胜利,这时候总不忘记乘机胡作非为。

他会突然转头,挤眉弄眼地对着背后那位胖胖的女生问:"你看我胸毛美不美?"

那位女生一直在翻着白眼,嘴巴里哇啦哇啦地读着课文,好半天没明白马胜利的问话。等她稍微回过神来,记起胸毛二字,便骤然失色，勃然大怒。

她朝着马胜利瘦弱的肩膀，把教科书狠狠地砸过去，"你真是个流氓！马胜利！"

她说这话时，义愤填膺，义正词严，神圣不可侵犯。她脖子上的肉，脸上的肉，胸脯上的肉，胳膊上的肉，一起甩动起来，好像一锅膨胀着、颠簸着的豆腐脑。

马胜利被一巴掌拍疼了，回过头来，把眉毛竖起老高，喝声质问道："肥猪，你干吗拍我？"

女生一听竟然骂她"肥猪"，头上的火焰立刻腾腾地升了上来。

她咬着嘴唇，伸过手去，一把拧住了马胜利的后衣领子，使劲往后一甩。只听得衣服哧溜一声，领子被撕开了好大一个口子。本来只想显示一下自己的尊严，没想到却一把撕坏了衣服。她的手停在半空，不知道往哪里放了。

马胜利一下火气腾空，不管三七二十一，抡起憋屈的拳头，直接捣了过去。他这一拳，立刻捣在了肥胖女生的胳膊上。她从座位上站了起来，马胜利也从座位上站了起来。

这时候，周围把课文背诵得天昏地暗的学生们，才从迷糊中醒悟过来，原来这一男一女，一胖一瘦，居然在短短的几十秒钟时间里，相互卯上了，他们像螺丝钉遇到了小铁锤，一切都好像来得那么自然，无声无息，没有什么特别的前兆。

胖女生受到了袭击，更加窝火，再次伸出手去，一把拧住了对手的前领，双手用力一扯。只听见噔噔噔一连声响，仿佛一群人噔噔噔上楼——马胜利这件灰衬衫上的六粒扣子，噔噔噔地，全部光荣下岗,滚落在四面八方。

瘦弱的马胜利,衬衫被扒开,成了两扇门,摇晃不定,一身清晰可数的排骨,顷刻呈现在众人面前。人群中爆发出哄堂大笑。

这一奇招激发了马胜利的斗争热情。他一次次冲向她,又一次次被弹了回来,他看似勇猛无敌所向披靡的拳头,仿佛落在了一堆巨大的棉花丛中,所有力量都泥牛入海,不知所踪。

这时候,回过神来的柳叶,发现了学生们专注的眼神,都在期待着马胜利和肥胖女生,而两人正在发生一系列滑稽动作。

柳叶走到他们身边,问:"你们怎么回事?上课居然离开座位,还拳打脚踢!"

女生气喘吁吁,先开口了:"马胜利是个流氓,我在背诵课文,他回头来问我'胸毛美不美'!"

柳叶一下怔住了,她还没遇到这样莫名的问题,周围的学生也哄堂大笑起来。

她一把扯过马胜利,也追问道:"你怎么回事?"

马胜利用双手捂着衣领,把两边衬衫的大门关好,不无委屈地说:"哪个要问她'胸毛美不美'?我是问她'眉毛凶不凶'!"

全班学生再一次大笑起来,他们笑得用课本敲打桌子,笑得直不起腰,笑得牙齿酸疼。

柳叶一下懵了,她一手扯着马胜利,一手扯着肥胖女生,突然觉得周围的事情像一团毛线,纠缠在一起,使她头脑芜杂,心情烦乱。

下课铃声响了,柳叶如临大赦,立刻简单制止了他们之间的争端,宣布下课。

老师前脚刚走,马胜利和肥胖女生紧接着继续单挑。

马胜利飞起一拳,撞击在一堵肉墙上,却被弹了回来,噔噔噔后退了好几步,直到他倒在地上,脚上那双大码的黄胶鞋像冲天炮一样甩得飞到了空中。

那是马胜利的爸爸马大虎的鞋子,马胜利没鞋子穿,小气无比的马大虎不肯给他买鞋子,他就在妈妈的指引下,悄悄拿了马大虎的鞋子,套在一双瘦弱无肉的脚板上,把鞋带系得紧紧的,剩余的部分还在脚脖子上绕两圈,使他脚踝上看上去像缠了几条鸡肠子。

马胜利在这天创造了一个经久不息的笑料。他的拳头砸在一个女生身上,自己却被弹了回来。他的这一连串动作,从此在初二年级一班里广为流传,历久弥新,无人不知,无人不晓。

朱小路从此以后长久地记得这场激战,"我看你弹回来是假,吃了别人豆腐,怕被追杀是真……"

马胜利有口难辩,笑得比乌鸦还难看。嘴巴里嘿嘿嘿,吞着米饭,不好意思地说:"小路哥,你就别取笑我了。"

朱小路就开玩笑说:"我看你干脆找她做女朋友得了。"

马胜利一口饭就哽在了喉咙口,不知道该怎么吞下去。

早春的阳光温暖地扑在他们身上,对面是一排高高的水杉树在飘扬——新的枝叶正在窜出来,那么嫩绿,那么活泼,那么安静,像一些安静的姑娘,脚步无声地,就来了。

这时候,确实来了一位姑娘。

为了抄近路,她从水杉树下,那一堵倒塌的围墙边穿了进来,她的腋下夹着一匹布——那是她准备让柳叶挑选一下，用来做衬衣的布料。

她就是瘦弱美丽的"裁缝西施"朱小红。她一脚还在围墙外面，迎面走来一个棘手的人。

此人名叫杨天华，从小长得像石头一样结实，曾经在外打工十多年，从工厂的流水线到街头摩托车接客族，从幽暗仓库里的偷偷摸摸到红绿马路的飞车抢夺。他从一块山里的石头，变成了一个彻头彻尾的混混，刚刚从拘留所里放出来，呼吸新鲜空气没几天，浅青色的头皮上还没长出多少新发，几道光溜溜的疤痕像闪电一样穿越其中。

他回不去工厂了，只有回到故乡，他觉得故乡也不是故乡，他之于故乡或者故乡之于他，都是陌生人。

杨天华手心颇有些痒痒，一直寻思着，怎么能在这片故乡的草地上，扮演一头狼，发挥他的各项生存经验和斗争智慧。直到他衔着狗尾巴草，在那堵倒塌的围墙边遇到了朱小红。

他的眼前突然一亮。他居然不认识眼前这位明眸善睐的漂亮姑娘，也没见过这个嘴唇薄如蝉翼的瘦弱姑娘。他立刻心花怒放。

就在他们要交叉而过的时候，说时迟，那时快，这位小流氓拦住了朱小红："姑娘，咱们好像在哪里见过？"

朱小红抬头看见了一张坑洼不平飞沙走石日月无光的脸，似乎有些熟悉，但却又是那样陌生，顿时感到一场严重的沙尘暴席卷而来，心里知道，这下遇到豺狼虎豹了。

朱小红看了一眼杨天华，回头准备绕过去。杨天华一个箭步又抢在了前面,"哎哎哎,姑娘,怎么要走啊?这地方只有这么大,我记得你是咱家亲戚呢。咱们确认一下,不要一家人不认得一家人。"

朱小红只得停下来,看着杨天华。衔狗尾巴草的杨天华,这时来精神了,他对着这双明亮而锐利的眼睛,开始卖力地表演起来。

杨天华说:"我记得我在镇上修车那会儿,有个村子里的妹妹来我们家玩过。没想到这么多年没见到,你长这么大了。"

杨天华颇有深意和情愫地看着朱小红,他希望他那光彩夺目的眼睛能立刻俘虏住这位裁缝西施单纯的心,他情场浪子鬼见愁的美名,从此将久久地飘扬在小镇上空,迎风招展,猎猎有声。

冷静得像一池水的朱小红,静静地看了看杨天华,她为这个莫名其妙的人突然出现在自己面前,进行这番莫名其妙的表演,而从心底里感到好笑。

她也十分清楚,这种人需要小心应付,不宜直接对抗,最好能使一套棉花掌,能四两拨千斤,以柔克刚,以静制动,以不变应万变。

她尽量让自己表现得若无其事,微微一笑,很浅很浅,说了句:"对不起,你认错人了。我百分百肯定没见过你。"

朱小红说完这话,掉头转身就要离开。

这时,杨天华一把拉住了她的衣袖。

朱小红心里咯噔一下,像一枚石子丢进了池塘。她在被拉住的那一刹那,知道今天这一关不会那么轻松过去了。

杨天华说:"妹妹,不会这么不给面子吧?我可是清楚记得你啊。那时候你没少给我们家做过衣服,我好几条裤子都是在你那儿做的。"

朱小红一下愣住了。她给成百上千的小镇居民做过衣服,她一下错愕了。

其实,杨天华哪找朱小红做过衣服,但他眼珠子转了几圈之后,发现她腋下夹着一匹布料,裤脚上还沾着几个线头,马上断定朱小红是镇上的小裁缝。

这样一来,杨天华的胆子更大了。他就像说书先生一样,眉飞色舞,表情丰富。

"妹妹,我后来是没找你。跟你说吧。你做的那些裤子,根本不能穿。有条裤子腰围太大了,你看我瘦成这样,一穿上去,像装在一只大麻布袋里。有一条拉链没装好,我一拉,拉链就掉了,害得我一直不敢穿着出门,生怕别人以为我耍流氓——我可是正经人啊。还有一条就更惨,把裤裆做小了。有一次和女朋友逛街,我蹲下去系鞋带,结果蹲到一半,裤裆就开裂了。我女朋友很生气,从那以后再也没理我了——你可是害得我丢了女朋友啊。"

杨天华一个人唾沫飞溅,说了一堆废话,他总是在铺陈和排比之中,拖延着时间,进行着下一步盘算,希望能很快把对方拖进自己的坑里去。

眨眼之间,小裁缝朱小红就成了小流氓杨天华失去女朋友的罪魁祸首。

朱小红听得目瞪口呆,她从来没想过做几条裤子也会引发这样大的灾祸。这简直比哈雷彗星撞地球还吓人。

朱小红斩钉截铁地说:"你弄错了。我没有帮同一个人做过三条裤子。"

朱小红坚定地转身，要挣脱衣袖离开。

杨天华一翻腕，血管暴起的手突然扣住了朱小红的手腕。

朱小红觉得手仿佛被铁枷锁住了，就像一扇门突然关闭了一样，她的心里开始着急起来。

杨天华的眼睛里透着锋利的光，"你这么快就要走？我们三条裤子的账还没算清楚。"

他牢牢地扣住朱小红，他要把她往倒塌的围墙外面拖，他不知道从哪个地方看出了朱小红的犹豫和心急，顿时立刻脱去糖衣炮弹，露出了暴力本性。

心急的朱小红伸长了脖子向学校张望。这时候，她惊喜地看到了野心勃勃横冲直撞无往而不胜的朱小路，她好像看到了启明星正从东方冉冉升起，她觉得她的世界会立刻和平解放。

她瘦弱的声音紧张地叫道：

"朱小路！"

"朱小路！我在这里！"

"朱小路！快来！"

杨天华听到这个纤细的女人尖声大喊，突然吓了一大跳。他完全没有预料到，这个看上去像根黄瓜丝的姑娘，嗓子里的爆发力有如此之强，气流排山倒海，有如江河翻滚。

他伸出另一只手去，拦腰抱住了朱小红。

杨天华开始正式耍流氓，他完全若无其事一样，紧紧地把朱小红掌握在手中，然后慢慢地试图推着她走出围墙。

这时候,朱小路和马胜利,这两个刚吃完中饭的少年,听到了朱小红的尖叫。他们迅速地飞奔过来,一下就截住了扭动在一块的朱小红和杨天华。

朱小路一声怒吼:"放开她!"

杨天华抬起眼睛看了一下下巴底下刚刚开始长出绒毛的朱小路,丝毫不为恐吓所动,继续拖着朱小红准备往外走。朱小路怒了,一个箭步冲上去,跳起来,然后狠狠地斜跺下去。

这是朱小路多年来行侠江湖,闯荡校园的独门绝技。它的优点和独创在于一个箭步的前冲,然后微微跳起来,提腿,双脚猛地铲向对方下盘。

一般中了朱小路这一招的人,不是当场倒地不起,像一摊倭瓜卧在地上,就是立刻疼痛难忍,腿部抽搐。

但是,这一次,朱小路的飞脚没起到应有的效用。朱小路的两只脚都落空了。

杨天华很轻松地一个转身,让他的无敌飞脚还差点跺在姐姐朱小红的腿上。

朱小路惊出一身冷汗,急忙收脚。他爆发了,冲上去,伸出两只刚刚鼓起筋肉的手臂。他需要马上把杨天华从姐姐的身体上撕下来,就像撕裂一只鸡大腿。

但他还没能扑到杨天华面前,自己先趴下了。小流氓杨天华,趁他情急不备,率先一脚狠狠地踢中了他的腿。这一脚迅雷不及掩耳,这一脚力道纯正刚猛,完全达到了快狠准的要求。

一代校园游侠朱小路,就这样,在光天化日之下,在朗朗乾坤之中，被一个刚从拘留所放出来的小流氓踢得趴在地上了。他像一只蚯蚓，又像一只壁虎，或者四脚蛇，匍匐在地上，手上被沙土磨破了皮，嘴角也有了擦伤的痕迹。

朱小路的眼睛了射出熊熊火光。这时候，他的结义兄弟马胜利出场了。

毫无斗争经验的马胜利，一声尖利的嚎叫，也冲了上去，但他冲锋的起初显然太过虚张声势，雄伟豪迈，一到临近敌人时，却丝毫没了杀伤力，也缺乏起跳的动作，反而突然刹车不稳，贴了上去。

马胜利不知所措，立刻伸出双手，死命地抱住了一条腿。另一条腿开始疯狂地踢他。

坚韧而顽强的马胜利，就是不撒手，坚决不撒手。

忍着痛苦从地上爬起来的朱小路，想卷土重来，收复失地。被踢得呼吸困难，眉头紧锁的马胜利，立刻冲着他喊叫起来："快去找……找……找人……"

朱小路猛然清醒，他们完全不是小流氓的对手。

"马胜利，你再坚持一会儿！"

他旋风般地冲往了寝室，把蚊帐扒下来，把被子和床单掀起，把棕垫掀起，飞快地在床铺最底下的干稻草里翻摸出了那把寒光闪闪的杀猪刀！

少年朱小路在一个大雪风寒的清晨捡到的这把杀猪刀，终于要派上用场了，终于扬眉出鞘，带着它的寒光和锐气，重见天日，光华流转了。

他以无比庄严和豪迈的心情，一把操起杀猪刀，向着操场和围墙奔来。

他双目喷火,站在了杨天华对面,一手握刀,一手指着敌人,用一片公鸡嗓子叫嚷道:"你!快放了我姐姐!"

杨天华愣了一下。他看看朱小路,又看看自己胳膊底下夹着的朱小红,他觉得这是一场比较划算的赌博。胜算基本上都在自己这边。一来对方只是个十几岁的小毛孩子,而自己拥有多年混世闯荡的斗争经验;二来对方手里虽然有一把锋利的杀猪刀,但自己手里有更厉害的武器——他的姐姐朱小红。

这么想着的杨天华,很无耻地从身上掏出匕首,抵住了朱小红瘦弱的脖子,慢慢地向后靠。

杨天华说:"走到这一步,也是你们逼我的。不是我先掏的刀子。"

朱小路从来没面对这样的场景,他突然一下不知道该如何下手。

杨天华踢了一脚蟠在腿上的马胜利,马胜利负痛抱住肚子,松开了双手。

朱小路压抑着胸中悲愤的怒火,急得头发都快要竖起来了。他把自己的脸憋得快要爆炸,甚至恨不得丢下所有的顾虑,冲上前去,一刀把对方劈了再说!

这时候,在这所校园里,一切都好象静止了一般。阳光照耀着沙沙做响的树叶,一切的草木虫鸟,都已经午睡。烈日下的那几块菜地,泛着白光。

朱小路在这个本该爬上床位,又或者趴在课桌上睡觉的中午,站在了这堵破败的围墙边。他们对峙着,像两只上膛的猎枪,正在怒目相向。

就在此时,一个人悄无声息地站在了他们身后。

这个人便是眼神犀利、面如石膏的黄祖云。

黄祖云双手背着,像在按摩着自己的屁股。他清了清嗓子,显得不紧不慢,张弛有度,泰然自若地走上前来,"今天天气有蛮热。怎么,你们想打架?"

他看了看朱小路手中的杀猪刀,开着玩笑道:"这把刀好像有点年代了,怎么感觉像出土文物?"却又突然声音一紧,厉声喝道,"朱小路!谁让你跑到这里来打架闹事!"

朱小路被突然入局的黄祖云骂懵了,还来不及反抗和申诉,黄祖云已经和颜悦色地正在询问杨天华:"你是镇子里的吧?我怎么从来没见过你?面生得很啦。"

这时候,早已经激愤不已的朱小路大骂开了:"黄祖云,快给我滚开!我要杀了这王八蛋!"

杨天华还没弄清状况。说时迟,那时快。黄祖云一个箭步上去,急速伸手,一手扼住杨天华的脖子,一手扼住他的手腕,稍一用力,对方眉头一皱,嘴角一歪,匕首应声而落,插进了他的鞋子里。

杨天华两处受疼,哎哟不止,另一只手反过来就要抡拳。黄祖云一个反剪,把他双手都反背在了背后。

一代枭雄杨天华,就这样眨眼之间被生擒活捉。他反剪着的双手被黄祖云控制着,稍一上抬,立刻疼得低头认罪。

裁缝西施朱小红终于得救,衰弱地倒在了地上。勇猛无敌的朱小路丢下杀猪刀,扶起了姐姐。

像一只小龙虾般的马胜利,捂着肚子,带着一身尘土歪歪扭扭地站了起来。他在一回头的时候,看到了杨天华弯腰下去的样子,心里忍不住犯嘀咕:这人我好像在哪里见过?怎么就是想不起来了!

17.
美丽传说

这一年的夏天来得特别早。还只到四月,漫山遍野铺陈上浓厚的绿,一些虫子开始结伴而行,带着各自优美的嗓音。

很多莫名的情愫和感觉,正在夏季来临之前,缓慢地发芽。

经过了围墙边那场惊心动魄的殊死搏斗后,朱小路总结了一系列斗争经验和教训。他和他的谋士马胜利,常年把头凑在一起,讨论和争辩当时的情景应该如何应付。

马胜利说:"当时你不应该回去取刀。"

朱小路说:"你那时候不该去抱腿,下盘不是最有威胁的身体部位。"

马胜利说:"当时你如果看到我抱住了他的腿之后,就马上去喊老师,或者立刻冲上去掰他的手。他肯定来不及掏刀子——这样,客观地说,是你的杀猪刀引诱他掏出了匕首。"

朱小路说:"你完全不懂打架,哪有一上去就抱敌人腿的,他如果一开始手里就有刀,你屁股上早开花了。"

争论归争论，从此之后，他们对体育老师黄祖云的看法却是大大地好了起来。

他们经过教师宿舍区，看到黄祖云从房子里钻出来，立刻跑上去热烈地叫一声："黄老师！"

黄祖云莫名地看看他们，有时候嘴里唔地答应一声，有时候干脆连声音都懒得发出，蜻蜓点水地点一下头，表示听到了。他们却并没有再埋怨黄祖云耍大牌和装酷。

他们在去厕所的时候，也会遇到黄祖云，那时他或许正提着裤子，叼着烟嘴出来。他们会热情地扑上去，停在他面前，笑得露出牙齿喊一声："黄老师！"

黄祖云会很错愕地抬头看他们，眼珠子露出三分黑七分白，嘴巴也因为惊讶而张开，一截烟灰飘逸地飞落下来，飘过他的胸前，飘过他的裤腰，飘过他的裤子，最后落在皮鞋尖上。

他很紧张地继续提着裤子，使劲地拉着下身的拉链，他明显感觉到卡在了中间，上不去，也下不来。一用劲，拉链头承受不住，终于脱轨了……

黄祖云觉得这个厕所上得很倒霉，他把自己裤子上的拉链拉坏了——这使他不得不警惕自己里面穿着的红色内裤——三十六岁了，按照旧说，一切凶猛的和不可预测的命运，都会在这一年里等着他。无奈之下，他只得把两边的裤腰朝上提了提，然后缓车轻步地走出了厕所。

当他走到操场上的时候，他听到迎面走来的几位女生吃吃地笑着。她们朝他喊道："黄老师！你皮鞋上的烟头还在冒烟呢！"

他就吓了一跳，赶紧像一只袋鼠一样跳了起来，把脚抬到手能够得着的地方，然后把烟蒂除了。从此，他的皮鞋落下了一个不大不小的洞。

这一天的黄祖云，需要在一堂体育课上讲解双杠上的翻滚动作。他完全已经忘记自己坏了拉链的裤子，他显得认真而严肃，他的动作一丝不苟，嘴里还在讲解着每个动作的分解。

他看上去那么专业，那么专注。

双手握杠，身体前倾，起跳，上杠，倒立，翻滚。动作一气呵成，完美无暇。就在他再次上杠的一刹那，虚掩了很久的拉链终于一下裂开，一条鲜红的内裤暴露在学生面前……

学生们都在眨眼之间看到这一切，但没有一个人敢笑，都使劲地憋着。几个不好意思的女生，便装作什么也没看到，别过脸去看向别处。正在杠子上头下脚上倒立着的黄祖云，眼光锐利的黄祖云，一下就看到了这几个不专心的女生。

他憋着一口气，倒立在杠子上发出浑厚的声音："你们那边几个，对，就你们三个女生，怎么不看着我呢？你们不看着我，怎么知道徒手倒立？不看着我，你们知道做这动作吗？"

三个女生只好回过头来，恭恭敬敬地行注目礼，看着他做徒手倒立。每个人的脸都红红的。

学生们好像都在专注着怎么上杠和倒立一样，眼神不移，嘴角严肃，偶尔还相互探讨一两句。这让黄祖云感到非常欣慰。

这时候，不知道是谁在人群里憋不住地窃窃笑了。这个不知道遮掩修饰的人，在最不合适宜的时候，突突地笑了。

黄祖云一个翻身，从杠子上跳下来，指着人群问："刚才是谁在笑？"他指指三个女生，"是你们吗？"

三个女生摇摇头。

他胡乱指了几个学生。同学们纷纷回报给他否定。

黄祖云气得眉毛快要飞到额头上去了。他厉声地吼道："你们都给我严肃点！看看你们一个个，像什么学生？体育课就不是课？要不就分心走神，要不就调皮捣蛋，还有的干脆衣冠不整，搞出一副吊儿郎当的样子来，你们才多点儿大？就学会了嬉皮笑脸！"

黄祖云这一番粗鄙犀利的训导，立刻把学生们整理得安安静静，人群里鸦雀无声，谁也不敢再放声笑出来。

其实，这时候，黄祖云如果没有这番训斥，而是从这笑声里警醒，发现自身的问题，他不可能丢很大的脸，他完全是一个德高望重的体育老师，继续永久地存在于学生心中。学生们也最多就当一场小笑话一样，仿佛过眼云烟，笑过此时，便也不再有其他响动。但是，他偏偏在最不可以认真的时候认真了，在一堂本该是师生同乐的体育课上，他扮演了一个严肃的独角戏的角色，还不容许学生插嘴。

接下来，这堂课上得非常成功，学生们安安静静，严肃认真，端正思想，摆正观念，不转身，不窃笑，很快学会了徒手倒立。

这让黄祖云从心底里感到高兴。

就在黄祖云宣布下课的时候，他眯着眼睛，看到了从远处的旗杆下面，老校长带领着一个瘦弱得像丁香花的姑娘，从光亮刺眼的地方，向他缓步走来。他们很快站在了露出红内裤的黄祖云面前。

校长笑着做了介绍。这位姑娘,就是几天前被黄祖云英雄救美的朱小红。

朱小红迎着阳光,脸蛋上红彤彤的,对着黄祖云说:"黄老师,真不知道该怎么报答你。谢谢你挺身而出,救了我。"

校长也拍拍黄祖云的肩膀,"黄老师啊,你这是见义勇为,是英雄事迹啊,我们学校就应该大力倡导这种舍己为人助人为乐的风气,我们的广播、黑板报、大字报,一定要重点宣传你的这种高尚的行为!"

黄祖云有些不好意思地笑了,"没有没有,当时那情况,轮到任何一个人都会出手。"

就在这时,兴高采烈的校长和怀着敬意而来的朱小红,几乎同时发现了黄祖云的前门大开。

校长一下尴尬了,他不便明说,于是使劲地翻眼珠子,一直翻到两颗黑眼珠快要从眼眶里滚落下来,快要大珠小珠落玉盘,黄祖云也没反应过来。

朱小红,这个从未见过如此光景的姑娘,这个心地醇和不苟言笑,瘦弱得紫菜丁香一样的姑娘,看到这一幕,脸蛋也红上加红了,太阳光仿佛一块巨大的烙铁,烙着她的两颊,炽烤着她的唇齿。

老校长只得眼睛定定地看着黄祖云那片已经敞开的开阔地带。

某一时刻,黄祖云似乎意识到了什么,他斜过眼睛,一下瞄到了自己底门大敞,幕布高悬,他一下懵了。

他不经意地侧过身去,抬头看看阳光,说了两句天气,然后装模作样地提提裤带。那个洞口终于被掩盖上了,暂时遮蔽了。

老校长替他出了一大口气。三个人唧唧歪歪东拉西扯,终于说完了。校长和朱小红终于回去了。

黄祖云这才大吁了一口气,他略显肥胖的脸上,已经开始沁出一些汗珠,忍不住在心底暗骂一句。

他抹了两把汗珠子,心里还默默地回想了一遍,好梳理出一个结果,检查这个洞口是何时自动弹开的。他这一梳理,把自己吓得汗流如雨。

如果是这样的话,这件事情可以追溯到很早很早,大概是学生中有人窃笑的时候……大概是几个女生红着脸,别过头去的时候……大概是第一次徒手倒立的时候……甚至是刚从厕所里出来,一把跳起来,去弹掉鞋子前面的烟灰的时候……

他这么想着的时候,自己的那张肥脸都忍不住红了。

这时,有个人轻轻巧巧,很是温柔、很是不好意思地出现在他的身后。

黄祖云回过头来,就看到了脸蛋绯红的朱小红。他镇了镇心魄,若无其事,面带微笑地向她打招呼:"咦,是你,你还有事情吗?"

朱小红脸上每一处都红彤彤的,她更加有些不好意思地问:"你知道我是谁吗?"

黄祖云说:"知道啊,你是调皮鬼朱小路的姐姐。"

朱小红又问:"是的,那你,还知道什么不?"

黄祖云一下摸不着北了,"我还知道什么?"

朱小红说:"其实……我是个裁缝……我主要是帮人做一些衣

服,也还做一些其他的活计,像缝补啊,装扣子啊,上拉链啊……"

黄祖云的脸胀得通红,装作若有所思道:"哦,原来是这样,不错不错。"

朱小红咬了一下嘴唇,说:"什么不错不错?我是说你的裤子——我可以给你修一修。"

黄祖云尴尬地笑了,没想到这姑娘如此这般单刀直入,毫不拖泥带水,当下扯了扯衣服袖子,说:"哦,是这样的……我明白了……很好很好……没问题……要不我回去脱下来了就给你吧。"

当天晚上,裁缝铺里一灯如豆,缝纫机温柔地缝补着月色。那晚的月色十分的好,出奇地俊俏,像姑娘般羞涩的笑,看上去格外温暖,格外纯洁。

一切都在安静中睡去,忙着踩了一天缝纫机的朱小红,很认真地拆掉那条已经脱轨的旧拉链,去掉那一截截零散的线头,每个针孔都挑得很仔细。然后,她拿出一条质量最好的新拉链,轻巧熟练地装在开口处。她把缝纫机踩得格外欢腾和匀称,使裤子和拉链之间密不可分,天人合一。

朱小红抱着这件腰围三尺六的超大尺码的裤子,很用心地把针脚都清查了一遍,还把已经掉了的两只裤带栓重新缝好。

一弯迷离月色下的朱小红,脸蛋红扑扑的,坐在春天的寂静里,坐在兴奋的蛙鼓和虫鸣中,心情像一朵六月的玉兰花,正在悄悄开放。

朱小红躺在床上后,一个人睁大了眼睛,望着浑蓝的夜,怎么也睡不着。她只得转身又爬起来,把那条叠得整整齐齐的裤子放在床头,压在枕头底下,才觉得安心。

就在这个晚上,冷淡瘦削的朱小红,梦到了一个让她涟漪跌宕,心潮起伏的男人。不用说,自然是体育老师黄祖云。

她一个人悄悄地奔进学校,小心翼翼地走过每一座墙角,她不是来找弟弟的,也不是来找柳叶的,要找什么东西,她自己也不知道。

她就那么一个人鬼鬼祟祟地走着,仿佛一只爬行动物在前进,一个人在校园里漫无目的地寻找。她的眼睛搜寻每个角落,内心焦急而甜蜜,兴奋而慌张。

谁也不知道她在干什么,她自己也不知道。

她在墙角一拐弯的时候,猛一抬头,就看到了黄祖云灼灼的眼光,犹如两根定海神针,直射心底……

她一下就融化了,立刻捧都捧不起,轻轻地倒在了他怀里,粘得像一罐糖水。她一下忘记了语言,随身依附在这个男人强大的身体上,就像一株没办法直立行走的藤本植物。

他们说了很多很多温柔动听的话,他们都操着三月的鸟鸣一样的好听声音,他们的语气词都是"呀"、"哈"、"哦"、"哩"、"呢"、"吧"、"嘿",他们的动作和表情,仿佛可以挤出糖水来……

就在这温柔的一场春梦里,朱小红突然醒了。醒了的她回味着刚才的甜蜜,那感觉像进了另一个幻景。

她嗒嗒薄薄的嘴巴,梳洗完毕,便夹着那条肥大的裤子进学校了。

她在操场上把裤子亲手交给黄祖云的时候,阳光正是早晨不温不火,很柔和很安静的时刻,轻轻地照耀在他们脸上,说不出的舒服。

朱小红很用心地抬眼去看黄祖云，端详这个脸庞像一盘葵花的圆脸男人。

黄祖云一抬眼，对视着她。他的眼神是极具穿透力的，一下仿佛就要看到人心底里去，看到你哪怕埋得最深的私密。那眼神是一种聚光，一下照亮了朱小红内心胡乱窜动着的大鬼小鬼。

黄祖云就那么坚定地看着她，也不说话，像尊石雕，然后在鸡蛋黄的阳光里微微一笑，带着几丝琢磨不透的潜藏深意。

他们眼光有过兴奋的交叉和胶着，但他们并没有肆意让这种幸福而刺激的电流持续涌动。他们选择了矜持，很礼貌地答谢，弯腰鞠躬，彼此微笑。然后，他们掉头回到各自的轨道上去了。他们掉头后，其实心里还在想着刚才的那一会儿，或许是觉得时间太短，或许是其中的笑意颇值得回味。

总之，他们在那一瞬间的对视以后，就真正在彼此的心底里，种下了一些莫名的种子。这种子，叫人魂不守舍。

从此后，校园里开始到处流传着一些美丽的故事。人们纷纷在背地里悄悄传说着，裁缝西施朱小红和体育老师黄祖云，他们肯定是好上了。

有人说，黄祖云踩着自行车出校门后，肯定会在铁栏杆后面回头来。然后，在校门里几十米开外的一丛万年青旁边，匆匆路过的朱小红，也会准时回过头去。再然后，他们就开始正式交战了。双方的眼神火力都比较猛，一会儿似乎要生吞活剥对方，一会儿又温柔甜蜜得如一罐蜜糖。

有人说，朱小红特别爱窜操场旁边的女厕所了。她一进去，就先把胳膊里夹着的一件衣服放在外面的花坛边上。然后，有人就看到黄祖云恰到好处地从男厕所里出来，然后拿走那件衣服。

总之，关于朱小红和黄祖云的传说，很快就在这所学校里扎根了。

18.

我有柳叶刀,你有小红帽

夏天的虫子开始疯叫起来,操场边的玉兰花开了,把四周惹得香喷喷的。天天年年,年年天天,靠在窗边,就着清新空气的朱小路,开始迷蒙着眼睛,要打瞌睡了。

就在他刚闭上眼睛的一刹那,柳叶的竹棍敲在了他的桌面,"晚上不睡觉,白天睡不醒。有些人昨天晚上捉鬼去了吧?"

被柳叶唤醒的朱小路,使劲翻了翻眼珠子,又用手指撑了一下眼皮,开始一锅乱炖似的读课文。柳叶忍不住偷偷笑了。

晚上,所有人都跑到教室里自习,朱小路却决定早点睡觉。

这个决定对于意志不坚定的朱小路来说,是一场残酷的考验。

他躺在床上,翻来覆去,更换了无数次睡姿。他每两秒钟挠一次耳朵和后颈,每一分钟掀开一次被子。他觉得有点燥热,但当他像一只千年老龟一样蛰伏不动时,又觉得有一丝凉风轻轻掠过大腿。于是,他重新把被子拉回来,盖在身上。

朱小路在床铺上重复着所有他能重复的动作,把四肢弯曲成各种千奇百怪的姿势,就像一条不知何去何从的壁虎,趴在那里,摇摆着所有关节。最后,他用尽了一切姿势,还是光荣地失败了。一翻身爬起来,坐在床沿上,晃荡着腿,披着一身皎洁的月光,在一个人的寝室里,他不知道该干什么。

朱小路觉得浑身很多兴奋的细胞没办法卸掉——它们都在身体里活蹦乱跳,张牙舞爪,没有丝毫睡意。

他决定去操场上跑几圈,借此让身体疲惫,把所有的力气和乱七八糟的想法都消耗殆尽。

他为自己这个英明决策感到分外高兴,一拍大腿,从床上跳了下来,拔腿就往操场上跑。

他奔跑在玉兰花香沁人心脾的广阔世界里。身体里蓬勃的斗志和张扬的激情,使他步履矫健,动作敏捷。他跑着跑着,一不小心便突然看到了姐姐朱小红的身影,她的蓝色缀花衬衫,在月光笼罩的玉兰花背后,闪闪躲躲,摇摇晃晃。

他悄悄地停下脚步,把声音都吞进肚子里。当他走过去的时候,愕然看到朱小红和高大的体育老师黄祖云像麻花一样扭在一起。

朱小路双手叉腰,站在了他们面前。

"朱小红,你今天让我抓到了现形!"

"黄祖云,你结了婚不要骚扰我姐姐!"

这位斜地里突然杀出的程咬金,一下镇住了朱黄二人。

他们迅速地分开,站成了并排,他们还没有完全从刚才优美而神魂颠倒的体验中苏醒过来,还沉浸在遐思和神往之中,气喘吁吁,面红耳赤。

朱小红瘦弱的胸脯起伏着，薄薄的嘴唇突然没了往日的锋利。而黄祖云，这时候仿佛一个等待就医的病人，目光呆滞神情沮丧嘴巴张开，任由两只无处安放的大手呆板地垂着。

朱小路看着两人，突然一下愣住了。他也不知道接下来该怎么办。

是送到学校保卫科去？是报告给校长检举揭发这种不正常行为？还是该拉到柳叶老师家里去，好好训斥他们一顿？

他最后觉得这些都太残忍了，说不定保卫科会给朱小红挂上破鞋游街示众，而对他们一伙的黄祖云，则会宽大处理……那是自己给自己打一耳光啊。

他摸了摸脑袋，没想出个所以然。

这时候，已经从激动和无措中反应过来的黄祖云与朱小红，看到周围没有其他人，终于清醒了，思路清晰了。

黄祖云说："朱小路，我不是要委屈你姐姐。我以后也不会。"

朱小路说："嗯，那就好。以后你们最好不要再见面了。"

原本这样一场尴尬的不期而会，马上就能烟消云散。

可是，这一切被一双躲在楼上窗户后面的眼睛看到了。柳叶看到了自己魅力飞扬的情敌——她的好朋友兼闺密朱小红，也看到了那个令她神魂颠倒，又几乎粉身碎骨的男人黄祖云。

她恨得银牙都快咬碎，恨得眼泪在眼眶里打出了漩涡。

柳叶盛满了一肚子的怨愤和悲凉。她万万没有想到，当初那个竭力劝说自己，死活都要离开那个男人的女孩，现在眨眼之间，就把她心爱的男人夺去了。

这天中午,柳叶走在校门口,她遇到了埋头前行的朱小红。

这时候的朱小红,仿佛脚踩风火轮的哪吒三太子,身披五彩祥云,干什么都雷厉风行。

柳叶迎上去,故意朝着她来的方向挡过去。

风风火火的朱小红差点就撞在柳叶身上。

朱小红抬头来看的时候,十分震惊和惶恐,她没想到眼前的柳叶完全变成了另外一个人——一个目露凶光,带有挑衅和狡黠的眼神,恨不得一口吃了她的恐怖女人。

那个曾经终日忧虑、身心脆弱、面色苍白的柳叶,已经消失得无影无踪。

朱小红不敢抬头去看柳叶的眼睛,却又无法掩饰自己的羞愧和不安。她无法老谋深算,临危不乱,死皮赖脸,所以她不能笑嘻嘻装作什么都没发生一样,去若无其事地和柳叶打招呼。

她只是看了一眼对方情绪复杂的眼神,又赶紧低下头去,希望侧过身子,绕过这道坚硬的屏障。但是,柳叶也移动了脚步,拦住了她。

朱小红往左边移,柳叶也往左。

朱小红往右边移,柳叶也往右。

朱小红重新抬起头来,小脸涨得通红,看着柳叶,不知该怎样面对。

柳叶看着不知所措的朱小红,突然从背后拿出一包东西,笑嘻嘻地说:"哟,小红你怎么还这么害羞呀。我有两条裤子破了,你能帮我缝缝吗?"

朱小红尴尬地笑笑，红着脸，说："当然可以呀，要不我明天补好给你吧。"

于是，朱小红伸手准备去接了柳叶的布包。她想，原来是这么回事啊，自己怎么有点做贼心虚？脸上也越发烧得厉害了。

就在她要接过来的时候，柳叶突然一把抓住了她的手。这让她心里一震，不知道这个读过书的城里姑娘，到底葫芦里卖的什么药。她突然觉得柳叶远远比她想象中的聪明、狡猾，她已经不再是那个哭哭啼啼的、一副弱质女子模样的柳叶。

柳叶使劲握住她的手，微笑着，带着一丝轻浮，摸了摸她的手背，说："小红，你的手好漂亮啊，摸上去真光滑，每天做那么多活计，手还这么细、这么嫩，真是心灵手巧啊，多惹男人喜欢啊——肯定很多男人想摸摸你吧？是不是有男人排队追你啊？"

朱小红羞得脸红到了耳根子，她当然不傻，柳叶话中有话，话里带刺，显然不是什么好话。

她不好怎么接，只是羞答答地笑着，心里却打翻了五味瓶，恨不得赶快遁地销形。

"那我明天找你要衣服吧。我走了。"柳叶笑眯眯的，一点儿也没有为难朱小红，拍拍她的手，转身回了学校。

这天晚上，当朱小红慢条斯理地把衣服打开，准备开始工作的时候，她被布包里的裤子惊呆了。

那是两条内裤。两条完全不同尺寸和款型的内裤，一条男式，一条女式。

女式内裤完好无损，男式内裤已经被剪成迎风招展的布条。

这时候，做完作业的朱小路，一把抢过来，说："呀，这条红裤衩怎么剪成这样了？"

朱小红在那个晚上心惊胆战，匪夷所思。她认得这条红内裤，它属于小镇上著名的体育老师黄祖云三十六岁的吉祥物。

她觉得脸上火辣辣的。

这么想着的时候，朱小红的脸发红发热了，像熟烂的苹果。

朱小路就冲着她喊："黑灯瞎火的，你发什么呆啊。"

朱小红把手中的木尺子摔过去，板着一张瘦弱而紧巴巴的脸，尖声骂一句："你能了吧？小公鸡开叫了吧？敢顶嘴了！"

小路一把拿起那条破内裤，仔细端详了半天，说："咦，这是哪个送给你的？"

他的三姐很是有些不舒服，就随口甩了句："是你们柳叶老师送来，要我补的！白天跑四方，晚上补裤裆。现在的老师啊，也没几个正经的。"

朱小路听到柳叶两个字的时候，吃了一惊，心想她终于出招了：一个自己偷东西吃的人，其实是无法容忍别人偷吃自己东西的。

19.

劫持

被黄祖云扭送到派出所的杨天华,以企图猥亵妇女图谋不轨的罪名关了半个月,之后重新出山了。

他一头窜进朱小红的裁缝铺里,用手指敲打着桌子,冷笑着问道:"妹妹,我们果然是老相识,缘分不浅啦!听说你是朱春红的妹妹?可是你怎么不认得我?"

朱小红愣住了,抬起头来看着这个一脸凶神恶煞的男人,她不知道他为什么突然提到自己的姐姐,那是个十年前遥远而美丽的梦。

十年里,朱春红每年春节写一封信,寄来一笔钱,嘱咐弟弟妹妹好好读书,将来做有出息的人。

朱小路拿着信,常常会恶狠狠地说,该死的朱春红,花花世界让她眼瞎了,三姐早就辍学了,二姐也已经结婚了,谁还替她"好好读书"?

此时恶狠狠的却是混混杨天华,他用手指了指头皮上闪电一般的疤痕,冷笑道,你知道这些口子怎么来的吗?都是为了你们家朱春红打架留下的!

朱小红觉得这个神经病有些无药可救,朱春红已经离家十年了,恐怕都忘记自己姓朱了,这个混混怎么可能为了她而打架。

她冷哼一声道:"怎么可能?我姐姐早已经不在镇上了,我都忘了她长什么样了!"

杨天华一把拽住她的手,咬牙切齿道:"在你还是一个流鼻涕的小屁孩的时候,你记得一个叫杨二的人吗?他每天骑自行车送你姐姐回家,他们去玉米地里幽会,他们被很多男人嫉妒,他们发誓要去外面的世界干一番大事业!"

朱小红有些惊诧,他怎么突然提到杨二?记忆中那是一个老实本分的男人,剃着露出青皮的板寸头发,上面隐约有几洞不毛之地,笑起来牙白脸黑,憨厚得像一块石头。

她愣愣地看着杨天华,看了许久许久,慢慢地依稀看到了当年杨二的轮廓和影子,只是眼前这个杨二脸歪眼斜,凶狠的样子像一头野猪。

杨天华怒气越来越重,叫嚣道:"你肯定想不到朱春红在外面干了什么!她身边整天围绕着各种不同的男人,她是个荡妇!你看我被她害得多惨!"

朱小红还在惊魂未定,但已经基本确认眼前的这个暴徒就是当年那个憨厚的杨二了。

杨二说:"既然你是朱春红的妹妹,那我们真是太有缘了,父债子还,姐姐的债就由你这个做妹妹的还!"

嘴犟的朱小红反问道:"她怎么会欠你的?朱春红那么老实的

人!她从不借人东西,你欠她的还差不多!"

杨二撸住她手腕,叫嚣道:"欠我的太多了!这么多年,吃我的喝我的用我的,我给她买衣服买裙子买首饰买零食!还有这十年时间,我全部浪费在了这个贱人身上!你们要赔偿我青春损失费!"

朱小红鼻子里冷哼了一声:"第一次听说要给一个男人赔偿青春,你真是无耻到了一定地步。"

杨二突然意识到与她废话无益,反而只会浪费时间。他像铁钳一样的手拖住朱小红,使劲往外拉。朱小红被拉得一个趔趄,差点摔倒。

她伸出一直藏在桌底下的另外一只手,手里是一把鳄鱼嘴剪刀。她警告道:"你要是再不放手,就别怪我不客气了!小心给你扎七八个窟窿!"

杨二并不怵她,一伸手,迅猛地钳制住了朱小红的剪刀。

朱小红痛苦地尖叫了一声。

杨二暗自得意,以迅雷不及掩耳的速度,把朱小红拖出去,拖去哪里其实他自己也没想好,但他有一个模糊的概念:我把所有的时间和金钱都花在了朱春红身上,既然她见死不救,在我人生最低谷时一脚踹了我,那就让你替她还债、给我挣钱吧!

他将朱小红推上了自己的面包车,里面还有一个人——最近一直跟在他屁股后面晃荡的弟弟杨天军。

没错,杨天军就是那个整天在学校和人打架的家伙,他从小崇拜哥哥杨二——那是一个泡到了最美村姑,在外面见了大世面的哥哥。他最大的心愿就是有朝一日和哥哥一样，抽二十元一包的芙蓉王，头上抹最时髦的发胶，穿发白的牛仔裤，时不时坐在理发店的一群女人中间，眉飞色舞，谈笑风声……

朱小红双手被牢牢地反绑了，还没来得及高声叫喊，嘴里已经被杨二塞进了一只柔软的袖套——那是朱小红还只完成一半的作品。

杨二对杨天军说："你不是一直要跟我去看世界吗？我们今天就出发。你给我在座位上看着她，别让她跑了。"

面包车于是突突开动。一路撅着肥胖屁股，循着山村公路颠簸而去。

隔壁大妈跑到学校报信时，朱小路正痴呆呆地坐在教室的最后一排发呆，柳叶正在讲述一个叫温庭筠的诗人，他写了一首词——梳洗罢，独倚望江楼，过尽千帆皆不是，斜晖脉脉水悠悠，肠断白蘋洲。

朱小路心想，这人真是吃饱了饭闲得，没事站在窗边一个人看什么船，写这些一脑壳相思病的诗歌。

柳叶说："温庭筠这首词表达了一个女性思恋远行丈夫的寂寞心情，我个人非常喜欢。"

朱小路就忍不住笑了，正在笑的时候，裁缝铺旁边的邻居大妈从窗户口钻进一个脑袋，冲他着急地嚷嚷："朱小路，你不要上课了，你姐姐被坏人带走了，赶紧去把她找回来吧！"

朱小路吓了一跳，一回头看到了钻进窗户里的一颗大脑袋。回过神来时，他大叫道："是黄祖云那个坏家伙吗？"

柳叶走过来，说："朱小路你别瞎说，黄老师不是坏人！"

大妈焦急道："你还愣着干吗，是混混杨天华，就是以前把你大姐拐跑了的杨二，他们开着面包车走了，还不赶紧去追！"

教室里顿时炸开了锅，朱小路捋了半天才想清楚到底是谁，立刻弹起身来，问，他们朝哪个方向去了？

大妈说，县城方向，只有这一条大路啊。

坐在前排的马胜利站起来，道："小路，我陪你一起！"

朱小路一把摁住了他，冲出教室，只见操场旁边停着柳叶的自行车，跳将上去，迅速地踩动起来，顷刻踩得飞快，像离弦之箭飞奔而去。

大妈惊讶得半天没合拢嘴。

朱小路踩着风火轮冲到街上时，面包车早已经不见了，他心急如焚，这破自行车哪里能追上，正好瞥见旁边一个摊位上停着摩托车，二话没说，一猫腰拧身而上，飞驰而去。

正在摊位上盘桓的车主一回头，发现摩托突然不翼而飞，顿时朝修理工惊叫道："你会魔术吗？摩托咋变成了这破单车？！"

飞驰的朱小路，像一位勇猛的战士，把油门拧到最大，疯狂地行进在乡村公路上，随着坑坑洼洼的路面，把整个身体颠得飞了起来。他的双手牢牢地握着车把，路边田地里劳作的人们抬起头来，仿佛看见一枚火箭正在急速发射。他们惊讶地抹了一把汗水，相互指点着说："你们看，那是个什么怪物？"

如果朱小路追上了杨二的面包车，或许就没有后来的故事了。

可是他一路上只看到了大巴车、小汽车和自行车、摩托车，他侧过眼睛瞄一下这些公路上奇怪的爬行动物,继续飞快地往前赶去,他怕错过了营救三姐朱小红的最佳时机。

在邻近县城的桥头,他终于看到了一堆馒头一样肥厚的面包车。他想,姐姐或许就在这众多的面包车里。

第一辆车,他蹩过去时,只有一个穿汗衫的司机把脚搁在方向盘上,正呼呼地抽烟,仿佛嘴上装了一口烟囱。司机回头来:"问,要车吗?去马王村牛肚村羊圈村都可以,价钱公道,童叟无欺。"

朱小路摇摇头,继续向前去。

第二辆车,两个男人打开车门,正坐在驾驶室内斗地主。他们根本没有时间和心情抬头看一眼时刻准备战斗的朱小路。

第三辆车,只有一个妇人正坐在副驾驶座上奶孩子。

直到所有的面包车看完,朱小路仍然没有发现坏人杨二和三姐朱小红的身影。他觉得十分沮丧,回头时发现远处的草丛里还停着一辆,于是重新燃起希望的火种,猫起脚来,迅速地围了过去。

他听见车里有沉重的响声,有人在拼命地挣扎和搏斗,顿时觉得热血上涌,猛地钻到车窗前。正准备砸窗救人时,眼前的景象让他大吃一惊。只见灰黄的玻璃上已经有了一层水汽,两个赤裸的男女正相互纠缠在一起。

那男人抬起头来,恶狠狠地冲着他举起的石头叫道:"你小子活得不耐烦了?"

朱小路仔细看了看这对男女,女的不是朱小红,男的也并非杨二。他便懊丧地对着玻璃说:"是我看错了。"

朱小路看了一眼通往县城的路,路上完全没有任何一辆面包车在前进,他觉得自己错过了最佳追击时间,在一堆毫无关联的车里浪费了无限的精力。

他把石头狠狠地丢在地上,泄气地破口大骂。

20.

如何拯救我们的姐姐

那样一个夜黑风高的晚上，黄祖云和马胜利也闻讯赶来了县城，师生三人翻遍了整个县城，终究没能发现杨二和朱小红的身影。

"如果我不在桥头浪费时间就好了，可能这个时候已经把杨二逮住了。"朱小路悻悻地说。

马胜利脱下背心，抹了把汗，问："现在可怎么办好啊，也不知道他把朱小红怎样了。"

黄祖云道："看来他不在县城里，现在唯一的办法是报警，赶紧找到面包车的去向。"

第一次进城的朱小路和马胜利，像两只野猪一样窜了整整一夜，完全没有仔细看一眼楼房和马路的心情，他们穿梭在夜色下的烧烤摊和杂货店，觉得城市的道路太复杂了，乱七八糟的房屋阻挡了极目远眺的视线，大大妨害了他们找人的目标。

马胜利看见巷子里有个厕所，正想奔进去方便时，一个端坐在旁边闻臭气的老头拦住了他，耷拉着眼皮叫嚷道："交钱，交钱。"

马胜利看了他一眼,"我只听说过吃饭要钱,撒尿收哪门子钱?"

老头嘟哝道:"不收费谁给清理下水道,不收费谁给修厕所、搞卫生?不收费这城里早就屎尿遍地了,哪里有这样干净。"

马胜利鸡贼地笑了,他绕到厕所的墙脚处撒尿。

老头一回头,举起旁边的扫帚来追马胜利,马胜利早跑得没影了。

早上,黄祖云带着朱马两个学生,进了县公安局报警,公安局的警察说:"我先给登记个号子,至于面包车在哪里,需要时间调查清楚,你们先回去等消息吧。"

朱小路急了,说:"我们不要找面包车,我们要找人,找我姐姐朱小红。"

警察说:"你急个啥,我知道你找人,这不人在车上吗,找人先找车,找车就必须要去交管中心——这个要走一些程序,明白吗?这涉及两个部分的协调沟通。"

黄祖云说:"警察同志,要不您给我们开个证明,我们自己去交管中心查查吧。"

黄祖云点头哈腰,"是是是,给你们添麻烦了。"

警察道:"那我带你们去交管中心查看一下吧。"

交管中心就在公安局后门,警察熟络地和值班交警打招呼,便回头问面包车的车牌号码。

黄祖云不知,便回头问马胜利。马胜利也不知道,回头问朱小路。

朱小路回头,已经无人可问。他皱着眉头摇头,"我出门匆忙,根本没打听。这下可怎么办?"

黄祖云想了想，道："不要着急，我想想办法，总能问到的，杨二的本名叫杨天华，杨天华的弟弟是杨天军，杨天军在班级里有个玩得好的朋友，叫苟来宝。"

马胜利和朱小路一拍大腿，"对啊，怎么没想到这胖子！"

黄祖云便拨打了柳叶的电话，问到苟来宝家里的电话，又找到了苟来宝。

苟来宝紧张地说："黄黄……黄老师，我没有参与绑架，我正在家里做作业呢。"

原来朱小红被杨二绑架的事情，早已经传遍了小镇，这会儿苟来宝已经被父母用猫儿刺抽了一阵屁股，被罚站在墙脚，头上还顶了个破缺碗。

黄祖云道："别给我废话，你只要告诉我杨二开的那辆面包车的车牌号码，就将功赎罪了。"

苟来宝翻起眼珠子，"让我想想，我坐过那辆车，车牌应该是S1748。"

苟来宝的父亲正在旁边监督他，听他如此准确地报出车牌，立刻拍了他脑袋一巴掌，恶骂道："你他妈要是说假话，看我不打断你的腿。"

苟来宝便委屈地哭了，我说的是真的，杨天军那天还向我炫耀过，那车牌就叫"你去死吧"。

他父亲一下更怒了，再补拍了一巴掌道："你骂谁呢！"

黄祖云赶紧抄写下车牌，等候交警查看车辆去向。

这一查就是两个小时，师生三人呆坐在路边，等里面叫进去时，一台笨重的大脑壳电脑上已经可以看监控视频了。

一个交警向他们介绍道:"这是进城那个桥头的监控,你们仔细看,这辆,喏,就是这辆飞一样过去的面包车,就是你们要找的那辆,根本没有进县城来,直接从桥头拐弯上了高速公路。"

这下三人都傻了眼,原来昨天一个晚上白白浪费在了县城里。

黄祖云嘴里默念道:"这可咋办呢,真是要命,上了高速,他们上了高速会去哪儿呢。"

交警道:"我们只要看两个地方的监控,进城的桥头视频如果显示进了城,那就查看出城的东门监控,看他什么时候出城,如果没出城就说明在城里。现在他们没进城,另外的监控也就不用看了。至于他去了哪里,我们现在一时半会儿也查不到。"

黄祖云一个劲点头,握着他的手道:"感谢警察同志,非常感谢。"

正说着,那台大脑袋电脑突然白光一闪,黑了屏。朱小路道:"这玩意咋还被弄熄火了。"交警便拍拍那大脑袋,白光又一闪,屏幕又返回过来。

朱小路心想,这东西还真高级,一拍就来电了。

当下三人出了门来,黄祖云又返回公安局,问最先接待的警察道:"警察同志,现在怎么办?"

警察吐了圈烟雾,道:"没办法,这上了高速就要看他从哪里下了,出了县城我们完全没办法掌握,总不能我们派人去追一辆破车吧?你们的报案我已经受理了,过段时间吧,我们追踪到了车辆去向再联系你们。"

黄祖云突然像泄气的气球。

三人蹲坐在路边时，怎么也想不出办法，于是只好决定先打道回府，等候警察的消息。

晚上，回到家里的朱小路像散了架的野狗，一下子摊在了椅子上。他的二姐朱秋红和姐夫黑狗子，从山那边早就赶了过来，他们摇晃着他的胳膊，摇晃着他的身体，急切地询问在镇里和县城发生的事情。朱小路却一点儿也没有复述的心情。

朱秋红一边抹泪，一边说："这个杨二咋变得这么坏了咧。他以前和朱春红好的时候，还给我们发糖吃，现在怎么就翻脸不认人了。"

朱小路没法给她解释，二姐没有上过学，不会理解这些年事情已经发生本质变化。

朱小路说："朱春红和杨二肯定闹掰了，要不然他也不会找朱小红的麻烦。"

朱秋红哭哭啼啼："要是他们闹掰了，吃亏的不是朱春红么？"

她的老公黑狗子说："要不怎么说这个杨二不是东西呢，人家一个黄花大闺女跟了他出去，他把别人抛弃了，反过头来还倒打一耙。"

朱小路不想他们担心，便劝慰了这对老实巴交的夫妻，让他们赶紧回自己家去，只说："你们好好在家种田种地，不要到处跑。我会把三姐找回来的。"

晚上，朱小路怎么也睡不着，他数着破门外的星星，心生一股悲凉，这个家里现在就剩下他一个人了。他守着这个破房子，第一次开始思考人生和命运，他不知道下一步该走向何处，但觉得有股无形的力量，正把他推向一场险恶的战斗。

在这场战斗里，他一步步失去亲人，也没有帮手，他必须以自由战斗的姿态，奋力生存下来。

他的母亲刘美丽，多年前跟着疯癫的二大爷走了，不知道已经得道成仙，还是早就离开人间；他的父亲朱解放，在二姐结婚的晚上，被一桌饭菜撑破了肠胃，撒手人寰；他的大姐朱春红，十年前踏上南下的大巴车出门打工，便再也没有回来；他的二姐朱秋红，嫁给了山坳那边的黑狗子；他的三姐朱小红，昨天被坏人杨二掳走了。

现在，十六岁的他，努力思考杨二会把朱小红带去哪里。十年前，杨二带走了大姐朱春红，便再也没有见到她回来。十年后，他又带走了朱小红……

想到这里的时候，他突然蹦起一个念头，决定想办法找到大姐。他思前想后，不知道如何下手，他突然想起大姐写给家里的信。

朱小红被杨二掳走了，对杨二最熟悉的是大姐朱春红。她一定可以找到杨二。这样想着的时候，他便开始翻找家里的破柜烂橱。

他掀开那些摆满补丁，正发出一股腌菜味的青布衣裤，终于在柜子的最下角发现了一个黑漆斑驳的小木箱子，找到了那一叠陈旧的来信。

他顺利地在一封信件的落款处找到了一串发黄的电话号码，顿时如获至宝，欣喜地跳了起来，他为自己敏锐的判断感到万分自豪。

在那叠信件的底下，他还找到了一叠有零有整的存款。那些纸币皱皱巴巴，像是母亲刘美丽摞起来的皱纹，一数，居然有六百元之多，足足可以超过他在学校里三年的零花钱。

他想起很小的时候，朱春红顶着木盆帮人浆洗的岁月，想起朱小红夜里给人缝补的一幕幕……现在，他决定用这笔钱去营救自己的姐姐——他生命里最重要的亲人。

第二天早上，朱小路骑着那部顺手牵羊而来的摩托车，突突突地飞驰到镇上去。他感觉到真正的战斗就要打响，一场前所未有的旅程已经开始。

在一个小百货店门口，他揭开老板铺在电话上的花色毛巾，准备拨打电话。

一个叼着牙签的男人按住了他的手，"小孩，你要打电话？带钱了没有？"

朱小路鼻子里冷哼一声，拍出一张五元大钞，道："小瞧人是不是？我要打长途。"

叼牙签的男人斜着眼道："长途比较贵，五块钱只能打五分钟，你可得注意时间。"

那男人拿过他的号码，兀自给他拨了过去，片刻道："通了，你抓紧时间。"

他便一把夺过电话，冲着里面大嚷道："朱春红，你听得到我说话吗？我是朱小路！"

电话那头却并没有传来回应。那男人白了他一眼，道："你拿倒了电话，喊再大声也没用！"

他赶紧倒了过来，这一次终于可以听到对面的声音。一个女人正在那头大声地喂。

朱小路说："朱春红，我是你弟弟。"

那女人道："我还是你妈呢。你到底找谁？"

他道："你不是朱春红？"

对方道:"没这个人,你打错电话了。"说完要挂的样子。朱小路急得跺脚道:"你别挂别挂,我找朱春红,这是她留给我的电话。"

那女人说:"我们这儿没有叫朱春红的人,只有芳芳娇娇丽丽燕燕红红,还有小白、小菲儿和大肉包。"

朱小路愣了一下,道:"那我找红红。"

电话那头便传来女人遥远的召唤声:"红红,你下楼来,有人喊你喝早茶。"

只听得那边传来一阵银铃般的笑声,便有人噔噔噔下楼来,接起电话问:"你是哪位哥哥呀?大清早找我。"

朱小路道:"我找朱春红。"

对方好像一下愣住了,过了片刻,突然压低声音道:"你别急,我不是你要找的人,你等会,我叫她过来。"

朱小路也傻了,咋红红不是朱春红,小时候村口的王老太婆明明叫她红红。

电话那头便又响起一阵喊声,道:"不是找我的呢,找燕燕。燕燕快来接电话。"

朱小路还在焦急地等着,这边杂货铺的那人已经开始敲打柜台了,催促他道:"已经过了三分钟了,你还有钱吗?"

朱小路道:"你放心,不会白打你电话。"

这一次,电话那头终于响起了朱春红的声音,她压低声音道:"你是谁?"

"我是朱小路啊。"他说。

朱春红似乎迟钝了一下,吸了吸鼻子,有些哽咽地道:"小路你十六岁了，终于长成大人了。"

朱小路没空和她废话，冲着电话道："你还记得杨二吗？那家伙把朱小红带走了，你知道他在哪里吗？"

朱春红着了急，追问道："这是什么时候的事？"

"前天下午，他趁着我在上课，在裁缝铺带走了朱小红。"

她急道："这傻丫头，她怎么这么傻，怎么能跟着杨二走呢。"

朱小路没空和她废话，只催促道："你快告诉我你在哪里，我要想办法找杨二。"

21.
被一把杀猪刀影响的旅程

从杂货店出门的朱小路,手里拽着刚刚抄下来的大姐朱春红的地址,差点遇到个麻烦。

一个老实巴交的男人拦住他,指着门口那台溅了满身泥的摩托问:"小伙子,这摩托车是你的吗?"

朱小路摇摇头,"不是我的。"

那人道:"这明明是我的车,怎么就突然消失了,又突然冒了出来。"他一屁股跨了上去,发动引擎,还没冲出去200米,一个轮胎哐当跌落下来,那男人连人带车掉进了旁边的一条水沟里。他抬起头来抹了一把泥水,钻出沟飞奔着去追赶正向前乱滚的车胎。

朱小路心道:"真险,如果不是他骑走,这会儿在水沟里挣扎的肯定是自己。"

朱小路坐上了镇里拥挤的中巴车,在一群挽起裤管,腰别镰刀的男女中间,他被挤得弯腰撅臀。在中巴摇晃的间隙,一只快有两尺长的大脚猛地踩着了他,他感觉五个脚趾就要被踩得黏在一块。

这群男女在经过两个村之后，蜂拥着下了车——他们是去临近的乡村收割稻谷，而朱小路的下一站是去市里。

他终于找到一个临窗的座位坐下，这是朱小路第一次出远门，第一次坐中巴车，他闻到了空气中传来的，道路两旁树木和泥土的芬芳，稻谷黄灿灿的清香，以及那些新鲜稻草燃烧时发出的诱人气息，那些味道让他陡然觉得这趟旅程也许并不沉重，反而充满了神秘的色彩和气味。

朱小路想起出走后的二大爷，他浑身背着高低不一的袋子，伸出那只破碗要饭时，总会在喉咙地嘟哝一句"你好"，这便是礼貌地打招呼了，完全没有了山里邻居之间扯着嗓子叫绰号的粗暴。

他第一次使用"你好"，是在到达市区公交车站后，向一个卖玉米的大婶询问怎么去火车站。大婶很热情地给他指点了三种方式，分别是坐公交、坐的士、坐三轮。

朱小路觉得"你好"是一件非常好的法宝，他很高兴自己增长了一项本领，可以从陌生人那里得到自己想要的信息。

走出车站时，他看了一眼比县城更大更干净的城市，道路更宽敞更整齐，人们都穿着一尘不染的白衬衫，鞋子上完全没有泥点。他感觉自己已经走在了电视机的画面里——那是他曾经以为要很大年龄才可能会去的地方。现在，他终于到达了这里，他觉得其实也没什么了不起。

他很顺利地到了火车站，但在入口安检处，他随身拎着的布袋子却没能通过——那个黑洞洞的铁匣子发出了警报声。正在旁边踱步的安检员警觉地回过头来，看了他一眼，把警棍在裤缝上拍得啪啪响。

安检员说:"小孩,刚才那袋子是你的吗?"

朱小路很反感他叫自己"小孩",拿起黑匣子里吐出来的袋子,道:"怎么?不让带吗?前面那些人不都带了?"

安检员扶正了一下头上的大盖帽,忍不住笑了,"他们的包过去可没有警报。"

朱小路这才明白,原来是因为刚才这黑箱子里发出的那一阵刺耳的滴滴声。

安检员拉开布袋子,从里面摸索了半天,丢出一把弹弓,又摸出一堆发黄的信件,掏出来一叠皱巴巴的旧衣服,赫然发现了袋子底下躺着一把杀猪刀。

他立刻像按了弹簧一般,弹出三步远,双手紧握警棍,朝后面喊道:"大罗,小张,快过来,这里有情况!"

旁边立刻跑过来一个胖子和一个瘦子,胖子的肉都快要挤出那身制服了,跑动时一甩一甩,瘦子则只看到一身衣服在飘荡。

两人握着警棍,喘着恶狠狠的粗气道:"咋了?"

先前的安检员拿着警棍,警惕地指着朱小路,道:"这小子包里携带了凶器,还想混过安检。"

朱小路被这场景吓了一跳,正想辩解,那人却后退一步道:"你站着别动!千万别过来!小子,棍棒无眼,今天算你倒霉,咱们有三个人,你要反抗肯定死路一条。"

胖子和瘦子走上前去,莫名其妙地看了一眼朱小路,拎起那只布袋,从里面掏出了那把寒光闪闪的杀猪刀,刀柄上却是油光沥沥。

瘦子一把拎出来,说:"这是违禁物品,难道你还想带上火车?"

朱小路这才明白是怎么回事,想来也是,火车上人多拥挤,怎么会允许你带着把大刀片子呢。

他笑嘻嘻地说:"大哥,我叔叔是个杀猪的屠夫,我这正赶着给他送刀过去呢,我也不知道杀猪刀不能带上火车,真没别的意思。"

先前那个安检员正了正大盖帽,一把夺过瘦子手上的刀,看了看,闻了闻,道,还真是把杀猪刀,都沾着肉味儿,油腻腻的。

胖子和瘦子有点鄙视地看着这哥们儿,开始劝退朱小路把刀拿回去,否则是不能坐火车的。

退回来的朱小路一屁股坐在广场上,他看见灰蒙蒙的天空中正有一群鸽子飞过,旁边一位收垃圾桶的大婶戴着口罩和帽子,正在慵懒地翻检垃圾堆里的废弃物。他脑袋一下亮了。

三个安检员还在盯着黑色的铁匣子。一个戴着口罩和帽子,穿着黄色油布衣服的卫生员,推着垃圾桶,悠闲地从侧门钻进了大厅。

朱小路在厕所里脱掉衣帽,从垃圾桶里拿出自己的袋子,又把那黄色的邋遢衣服丢进了桶里,大摇大摆地钻进了候车厅。

遥远的地方,一声嘟的汽笛声,火车蹦擦擦地进站了。

22.

她们的世界

拿着记下的地址,朱小路刚钻进这条名叫黄金大道的路,就被眼前五光十色的霓虹灯弄迷糊了。他不知道这个168号应该如何找。

他沿着路口走了168步,看到旁边一位叼烟的大爷,牵着一条哈巴狗,上去问道:"大爷,请问168号是这儿吗?"

大爷回头看了他一眼奇怪的装束,支起耳朵凑到他嘴边,问:"你说什么?这里太吵,我听不到。"

朱小路于是扯着嗓子道:"我找168!"

大爷被震得一惊,望着他,说:"你找哪个酒吧?你告诉我名字,我告诉你怎么走。"

"我不找酒吧,就找168号。"

"可这里都是酒吧,要不就是洗浴中心和宾馆。"

朱小路无奈,指着旁边一家泛着金字招牌的"皇室洗浴"道:"那您知道这家店是多少号吗?"

大爷牵着狗,绕过招牌,走到大门旁边的一个角落里,指着上面一块很不显眼的墨绿色牌子道:"看到没,这里是8号!"

辞别这位大爷,朱小路跟随着轰鸣的音乐声,一路摸索着走到每家店面的墙角,挨家看门牌号。

在一家KTV的角落里,他被一个醉鬼喷了一身的呕吐物,一股恶心的气味弥散开来。他刚想发作,却见那醉鬼抱着柱子哼哼唧唧,正伸出舌头舔舐,两个衣着单薄的年轻女孩,像掰一颗牛皮糖一样,使劲地想把他拉开。

他想,这些人的确都有点怪怪的,喝醉了就抱柱子吗?

在一家洗浴中心的角落里,他被高空泼下的一盆洗脚水淋了个落汤鸡,抬头去看时,那人已经伸手把窗户关闭。

他想,幸好只是一盆洗脚水,如果是块砖头,他此时也许满脸鲜血。

朱小路站在167号和169号门口时,徘徊踟蹰了很久很久,他突然找不到168号在两个巨大的霓虹灯底下,他看到左边是一个铺满了红色地毯的饭店,右边则是一个音响轰鸣的游戏厅。

朱小路从来没见过这样气派的饭店,也从没见到过这样声音震天的游戏厅。他站在中间,看到一个凹进去的窄小门脸,估摸着只有这里了。

站在小门店的拐角处,他终于发现了已经被移到侧墙上的门牌号——168。

想想找这个号码实在太辛苦了,他一拳头狠狠地砸在了上面,小巷里突然钻出一个黑大个儿,拎着他的后领转了一圈,凶巴巴地说:"小孩,干吗呢,快滚。"

朱小路气不打一处来，恶狠狠地踩了黑大个一脚，一头钻进168号门面里。

别看门面窄小，可进了店子，却发现里面还挺宽敞，昏暗的粉色灯光下，他还没看不清楚人们的脸，却已经听到了一阵阵女人们的笑声。

一个声音朝他喊："先生，你有熟悉的技师吗？"

还没来得及搭腔，一只柔软的手已经搭在他肩膀上，有种牵牛花一般的香味扑鼻而来。

背后那女人道："嗨，还是个雏，你怎么也跑出来玩？"

朱小路嗫嚅着嘴说："我找人，我找朱小红。不对，我找朱春红。"

"谁会有这么土的名字啊。你找错地方了吧？"那看不清脸的女人道。

朱小路用手遮住额头上幽暗的光，看了一眼周围的环境，只见一群穿红戴绿的女人坐在对面的沙发上，像一捧花花绿绿的糖果，有的正在喝茶，有的正在嗑瓜子，还有的正在围着玩扑克。

朱小路说："我就找朱春红。"

女人堆里又爆发出一阵笑声，先前那个把手搭在他肩上的女人道："你也甭找什么朱春红了，多土啊，就找姐姐吧。你到底是要洗脚还是要按摩？"

朱小路说："洗什么脚啊，我还想洗个澡呢。"

那女人看了看他，道："原来是个乡下孩子，你这是从哪儿来啊，不是来放松的吧？找谁来着？"

"朱春红。"他刚重复完，背后的领子又被提了起来，原来是在门口截道的黑大个找了进来,认出了他。

朱小路这下是真的生气了,他回身一个旋风腿,重重地踢在了对方的腰上。

黑大个气都没喘一口,反倒有些愣住了,"哎哟,这小子是哪里冒出来的?还要和我来硬的?今天不教育教育你,将来还不捅破天去?"

黑大个儿扯着他的衣领,往前只一甩,朱小路便踉踉跄跄地跌出几米远去,跌在了几个女人玩扑克的茶几旁。茶几的一角顶着了他的肚子。

他这时候才发觉肚子正在咕咕叫,早已经饿得前胸贴后背,只这一撞,便疼得肠子打了结一般。

朱小路火了,他摸起旁边的帆布袋子,想摸出那把杀猪刀。

黑大个已经走到了他面前来,看着他愤怒得如一头小公牛般瞪着眼睛,便凶巴巴地说:"你瞪谁呢?屁大点孩子,不回家好好读书,在外面瞎胡闹。你还想吃了我不成?"

他再一次拎起朱小路的衣领,试图把他拖出门去。朱小路已经摸到了帆布包里的杀猪刀,正准备抽出时,一个熟悉又陌生的声音打断了他。

"是朱小路吗?"那明明是姐姐朱春红的声音,她从楼梯上飞跑下来,站在他身边,浑身上下打量着。

朱小路说:"你是朱春红吗?"

"我是你的姐姐朱春红啊。"她说着眼泪便流了下来,一把将他抱在怀里,又回头对那黑大个说,"黑哥,是我弟弟找我来了,他小孩子不懂事,你别怪他。"

黑大个尴尬地笑着说:"他要早说是你弟弟不就结了吗,我还以为是来捣乱的野孩子。怎么?你真名叫朱春红啊?你咋也没和我提过?难不成把我还当外人了?"

朱春红没有理会他,把朱小路从地上扶起,拍拍他身上的泥土,拉着他出了门。只留下后面一群惊讶的女人,目瞪口呆地望着他们远去的背影。

朱春红找了一家小旅店,开好房间,双手紧紧拉着朱小路,在灯光下仔细地看着他。

"你是朱小路,你是朱小路。我离开家的时候,你还没有床头高,现在都长这么大了,你还认得姐姐吗?"

朱小路一时竟没有回过神来,他看着哭得稀里哗啦的朱春红,看着她眼睛下面哭出了两条黑漆漆的溪流,看着她在灯光下有些晃眼的亮片衣裙,看着这个嘴唇涂得猩红的女人,有些不敢相信她就是十年前,把自己搂在怀里、那个温柔美丽的姐姐。

他记忆里一尘不染、眼神纯洁的姐姐,完全和眼前这个女人对不上号。

朱小路说:"你眼睛怎么了?为什么眼泪是黑色的?"

朱春红流着泪笑了,"傻弟弟,是我的眼线哭花了,眼线是黑色的。"

朱小路总觉得有些别扭,没觉得她便是从小和自己相依为命的朱春红。他摸着肚子说:"我饿了,有吃的吗?"

朱春红于是拿起床头柜上的电话,给他订饭。回过头来却问道:

"你怎么不喊我啊。"

朱小路却不接茬儿,兀自把装有杀猪刀的帆布袋子藏在了抽屉柜里。他觉得这个房间非常符合他的需求,床单床被白得那样耀眼,床头上还摆着一部红色的电话,而柜子里也是干干净净。

吃完饭,朱小路说:"我要找杨二,他把朱小红带走了。"

朱春红安慰他说:"你先不要急,杨二现在应该就在附近,他走出镇子便只知道来这里,明天我们就去找他。"

他站起身来,准备拉开柜门拎袋子,"那我们现在就去!"

朱春红说:"现在怎么去?你说要带走朱小红就带走吗?杨二会听我们的?"

朱小路道:"那怎么办?我们报警?这儿有管事的吗?找村长。"

朱春红愣住了,"村长?这哪有什么村长,管事的太多了,看要找哪方面管事的。"

朱小路说:"那我们现在就干等着?"

"晚上会有人帮我们找到杨二具体落脚的地方,我还有事要出去,你先好好睡一觉,我们明天想办法去找到小红。"

安妥完朱小路,朱春红从柜上抽出白色的纸巾,擦了擦黑色的眼泪,径直走出门去。

朱小路一个人留在了房间里,突然觉得心头空荡荡的,有人敲门送进一碗面来,让他付15块,他吓了一跳,怎么一碗面要这么多钱?这可是他在学校时很多天的生活费啊。

吃完面,他学着朱春红的样子,从盒子里抽出一张纸巾,轻轻地擦拭了嘴巴,他觉得怪怪的,就像拉完屎要擦屁股一样。他还是习惯用手抹一下嘴,方便干脆。其实嘴巴上干净得很,又没沾上屎啊,最多沾了点 15 块一碗的牛肉面汤——那是多么金贵的一碗面啊!

躺在床上时,他却怎么也睡不着,这几天的奔波,让他累得像一条剥了皮的狗。但是此刻他觉得自己来到了一个完全陌生的世界,他竟然对这个世界一无所知。他一门心思只想着找到三姐朱小红,赶紧逃离这里的五光十色,最好大姐也能跟着他一起回家,虽然她已经完全变成了自己不认识的另外一个女人。

他只想回到属于自己的村庄里,回到过去穷得揭不开锅但却自由快乐的时光里。

他枕着窗外的车马喧嚣,感觉这个世界仿佛一台机器,正在日夜不停地连轴转动,也好像一个无法休息和停歇下来的人——埋伏着巨大的压力和矛盾,随时可能爆发或者断轴。

在全世界聒噪和碰撞的响声中,朱小路渐渐地鼾声四起。

23.

杏花村里杏花红

在朱小路沉沉睡去的同时，朱小红也正躺在床上，像一个空空的榛子壳，甚至懒得睁开眼睛。

她不知道身在何处，长途的汽车颠簸后，她被塞进了一间逼仄的房间里，门窗钉得死死的。杨二时不时跑过来，但她软硬不吃，拿出从裁缝店里一路随身的剪刀，抵着自己的脖子以命相挟。

就这样，他们已经整整僵持了三天三夜。

现在，她觉得整个身体正扑入大地，又或者在飞向天空，这副躯体无边无际，也可能很小很小，放大镜显微镜光学望远镜什么的也看不到。她懒得去想这副躯体要穿什么衣服，是个什么形状，就好像是一团空气，在渗入另外的一团空气。她感觉束缚了几天几夜的身躯，距离自由的天空越来越近。

她等待这种飘来荡去的思维突然一下戛然而止，从此她就真正沉没在茫茫大地，从此她忘记黄祖云，忘记柳叶，忘记杨二，从此她就脱离复杂纠缠的人世间，也不再担心遭到侮辱和挟持……

她感到有一枚冷器具慢慢爬上自己左侧的某个部位,可能停留在大腿脚底手臂手指手腕的某一个地方,有一些微微的酸麻,或者是疼痛,她努力让自己沉浸在冥想中……她感觉自己正在香消玉殒,烟消云散。

那个男人好像停住了手,她在继续等待那股力量,却很长时间没有等到,她在脑海里已经把小镇上的学校、店铺全都畅游遍了……她有些不耐烦了。

她努力要睁开眼睛,却怎么也睁不开,好像一层厚厚的石门挡住了去路。

她加倍努力地转动了一下眼球,使眼眶里面润滑了一些,好像看到了两个金光闪闪的指环,在眼前疏忽一闪。她用尽力气去推那扇石门,眼睛终于睁开了。

房间里阴暗着,太阳光透过钉在窗户上的木条缝隙,像一群鲤鱼穿过来,正在四处游动。或许游动的只是一些穿过来的灰尘,她想。

那个瘦削的小伙子,脸色苍白,嘴唇乌青,身体正在瑟瑟发抖。

她看着眼前这个已经有些吓傻的男孩,那是杨二安排给她送饭的小伙,他说其实他只是旁边一个饭馆里打工的伙计。他送了两顿饭之后,悄悄打开门来,开始和朱小红聊天。

朱小红说:"好心人,你救我走吧,我保证以后拿你当菩萨供着。"

小伙说:"妹子,我没那么大能耐啊,我从小是个孤儿,吃了上顿没下顿,要把你放走了,杨二肯定会灭了我——再说他现在出去谈买主了,指不定什么时候就回来了,我放了你,你能跑到哪里去?我又能躲到哪里去?"

朱小红说:"要么把我放了,要么把我杀了吧。反正我活着也是等死,我只求一死。"

这家伙一直嗫嚅着,不知道怎么接茬儿他头一次遇到这样性格刚烈的女人。直到今天,他终于血性了一回,说:"要死,我成全你,我也陪着你一块儿死,反正我在这世上也了无牵挂,活着和死了没什么区别。"

朱小红有点惊住了,没想到他居然有了一丝殉情的胆量,心想两个同病相怜的人死在一块,也算是有个伴儿了。

现在,他那颤抖的手,最后还是把她引爆了,朱小红突然爆出了一句粗口:"你到底行不行?"

她看见那把锈迹斑斑的水果刀早已经扔在一旁,上面的鲜血正在凝固。她手腕上的血仅仅把皱巴巴的床单渗透了一角。

"你当这是好玩呢?就没见过你这样胆子小的男人!"

"我有点有点轻微的小小的血晕……"他说。

"晕你妈个头!没种你昨天就不要打开这扇门。"她开始咆哮起来,"有种你就让这扇门一直开着,咱们逃到天涯海角!"

这个时候,她突然觉得手腕很疼,头有点晕,好像很多神经末梢都在咬牙切齿。她的满腔愤怒全部转为了唾骂:"你妈怎么生了你这么个脓包!"

那小伙抬起头来,幽怨地说:"杀了人要坐牢的……"

朱小红忍着手腕上的疼,用另一只手拿起刀子,突然从床上站起来,坐在他面前,凶巴巴道:"那我先杀了你试试。"

小伙以迅雷不及掩耳之势,一把夺过水果刀,又以专业投枪的姿势把它扔在了地上。

他颤抖着声音，对她说："妹子，别闹了，活得好好的干吗寻死啊。"

朱小红说："那你赶紧给我滚！我不想再看到你！你也不要进来！让我自生自灭！"

他便拾起地上的水果刀，把朱小红的嘴巴继续用布条封了，跌跌撞撞地跑出门去，回头继续扣上那把老锁。

他正准备回到小饭馆，一抬头便发现了两男一女正站在面前，把他围了起来。

来者正是朱春红姐弟俩和那天和朱小路交手的黑哥。黑哥打听到杨二的藏身地，正四处放消息"有货出手"，念着与朱春红的暧昧之情，带着姐弟俩找了过来。

黑哥问："兄弟，屋子里关的什么人？"

小伙愣住了，掩饰道："这是个杂物间，没关什么人。"

朱小路一把推开他，从袋子里抽出那把杀猪刀，准备砍断锁先进去看看。

这时候，小伙突然拦住他道："你们要找一个女孩是吧？我可能知道关在哪里。"

朱春红急切地道："那赶紧带我们去看看吧。"

黑哥疑惑地看着他，道："这里是杏花村十号吗？"

小伙指着周围一大片废弃的棚户道："这一带都叫杏花村十号。要找人，跟我走。"

三人于是跟着男孩朝前走，走过这城中村里一排排的棚户和仓库,走过水坑和沙堆,走过刚刚拆迁过后的砖头和黑瓦,七弯八拐地走过一个又一个巷子。

突然,小伙钻进一条短巷,飞也似的跑了。三人跟着跑过去,只见他爬上一个木梯,跳到了房顶上,想要再去捉时,他已经抽掉梯子,头也不回地在房顶上窜跳到了很远的地方,倏忽一下消失了。

三人面面相觑,被这突发的一幕给弄懵了,谁也没料到遇上了一只狡猾的狐狸。

朱小路道:"咋办?要不报警吧?警察难道不管?"

黑哥用手指梳了梳头发,道:"老弟,你不熟悉这里的情况,报警没用。再说警察一来,看你拿着把杀猪刀,还不得先把我们抓了?"

朱春红也说:"不能报警,报警只会给我们自己惹上麻烦。"

朱小路恨恨地把刀收进袋子里,看着没了主意的姐姐朱春红以及和她有着千丝万缕联系的黑哥,突然朝周围大喊一声道:"朱小红,你在哪里?"

黑哥还没来得及捂住他的嘴,楼上一个纹着奇怪花纹的赤膊男人,叼着烟站在了走廊里,临头一盆冷水浇了下来,哗地淋在了朱小路头上。

男人在楼上恶狠狠地骂道:"号丧呢!懂不懂规矩!"

三人一无所获,正准备转身离开,旁边不远处一间棚户的窗户里,突然伸出一件奇怪的东西,正在朝他们挥动起来。

朱小路跑过去一看,居然是只手,手里正拿着一只窄小的乳罩,透过被窗户上钉着的木条,急切地摇动着。

朱小路问:"你是朱小红吗?"

里面也不出声，支支吾吾听不清楚说什么。朱小路正准备掏出刀来撬开窗户，黑哥在背后喊道："你别乱来。"

朱小路还没反应过来，先前楼上的赤膊男子已经冲了下来，大喊一声："兄弟们快来，这里来了一伙抢劫的！"

呼啦啦从旁边的房子里马上跑出来四五个年轻男人，团团将三人围住。朱小路紧紧地提着包，顿时傻了眼。

黑哥连忙满脸堆笑道："误会误会，我们是和杨二约好了看货的，找错地方了。"

那纹身男人凶巴巴地盯着朱小路，又看了看朱春红，道："什么杨二狗二，我们这里没这个人，我媳妇在房间里洗澡呢，这小子看什么看？"

黑哥拉着朱小路解释道："他还是个孩子，肯定是看错了，以为出了什么事，兄弟们不要误会，我们马上走。"

黑哥一转身，拉着朱小路和朱春红离开。

朱小路道："我还没见到朱小红，我不走。"

朱春红劝她道："大哥不是说了吗，那是他媳妇，不是朱小红，赶紧走吧，别惹出事情就走不了了。"

那纹身男人似乎意识到事情不对，丢掉烟头，在后面挥手道："哎哎哎，我说，你们三个等会儿，找杨二看货怎么来三个人？要三个人看吗？"

黑哥拉着朱春红，朱春红拉着朱小路，开始撒丫子狂奔起来，一直跑出两条巷子，跑到一条马路上，三人才敢停歇下来。回头一看，那群男人早已经放弃追逐了。

朱春红问:"小路,你看清了吗?里面是不是朱小红?"

朱小路摇摇头,"根本没看到,我只问了一句,里面也没有回话。难道这里关着很多人吗?"

黑哥拍了下他的背,喘着粗气道:"你怎么那么多为什么?冲动,你太冲动了!这下怎么办,都暴露了。大白天是不能再进去了,只能看晚上有没有机会。"

朱春红说:"晚上黑灯瞎火的,怎么认得哪个是朱小红啊。"

黑哥反问道:"你想惊动他们还是想惊动警察?"

朱春红便没了话,只剩下朱小路还在那儿忿忿不平。

黑哥回头看了一眼,马上又拖着姐弟俩,小声道:"赶紧走吧,不要回头,不要停。"

24.

锋芒毕露

回到旅店的朱小路,怎么也无法安静下来。

他不明白为什么姐姐不报警,他想起棚户门口遇到的男人,想起小巷里纹身的男人,想起那个用木条钉死的窗户,想起那窗户里伸出来的一只乳罩。

他感觉这一切都充满某种诡异,而黑哥和朱春红的恐惧、逃避,让他觉得全世界苍白无力,一个无形的黑洞正笼罩在头顶之上。

傍晚时分,他挎上包,学着朱春红和黑哥的样子,独自打车到了杏花村附近。他趁着夜色钻进小巷,猛然看见了白天逃跑的小伙,正一步三回头,警惕地提着几份便当往里走。

朱小路感觉黑洞正离自己越来越近,一路尾随而去。

小伙走到了脱身小巷,站在曾经冲出四五个年轻人的门口,房子里正围坐了一圈人一边抠脚一边打扑克。

人群中,白天追赶他们的纹身男人出现了,叼着烟,警惕地问:"没被盯着吧?"

小伙笑道:"花哥放心,我又不是第一天送饭了。"

藏在角落里的朱小路赶紧后退到阴影里,直到那男人不再朝这边看来。他看着旁边钉上了木条的窗户,已经强烈地感觉到朱小红无声的呐喊与召唤。

花哥打开盒饭来,自己掏了一盒,嘟囔道:"今天挺邪门,大白天的,几个莫名其妙的人在这里乱搜。大家伙都打起精神来。那个打不死的杨二,消失了几个月,刚一回来就出乱子。龙哥还以为他这回应该老实了,谁知道又会惹出什么幺蛾子。"

送饭小伙道:"是不是一男一女,还有个小东西?"

花哥翻了翻白眼,抬起头来,"你怎么知道?"

小伙道:"我在路口遇到过他们。"

"所以是你小子把他们带到这里来了?"

"不是不是,大白天我哪敢啊。"送饭小伙赶忙辩解道,"花哥还不了解我?我最老实了,嘴巴也紧,他们说来看货,你说大白天看什么货?我没理会。估计是那该死的杨二没把规矩说清楚,惹出这些麻烦来。"

花哥道:"也只有这小子还在作死了,我们做啥买卖?龙哥教导咱们,要以仁慈之心感化她们,以良善之态教化她们,让她们走上正确的黄金大道,不是要搞烧杀抢掠——那不是犯罪吗?"

围在旁边的几个年轻人跟着哈哈笑了,纷纷伸出大拇指道:"花哥威武,说得精辟!"

朱小路听着他们的相互吹捧,一时不知道应该从何下手,他紧盯着旁边那扇木条窗户,里面却始终没有半点响动。

他退了回来，退到大街上，把那柄杀猪刀别在了后背上。等到夜深时，他在旁边的快餐店里买了两份盒饭，装作送饭的样子，大摇大摆地走进巷子。

他选择绕过敞开的大门，直接走到后面，终于看到了木条房间的正门，上面挂着一把沉默的铁锁，毫无疑问，乳罩正是从里面伸出来的，朱小红一定囚禁在此。他这样想着的时候，正准备摸出刀来撬锁，却突然肩膀上被拍了一把。

一个男人若无其事地问："干吗呢？"

朱小路提起盒饭晃荡了一下，道："花哥让送饭呢。"

男人愣了一下，"我还以为是花哥来体验生活。不是吃了晚饭吗？"

朱小路道："花哥说加点宵夜，别饿瘦了。"

男人道："你放这儿吧，我先吃两口就送进去。"

朱小路一眼瞥见了他腰间的钥匙，趁着他来拿盒饭的当口，一个反腕，将他手反在了背上，盒饭掉落在地。还没等他喊出声来，朱小路已经用那把杀猪刀抵住了他的脖子。

"你要惊动了后面的人，这刀可没长眼睛。"朱小路恶狠狠道。

那男人还没弄清怎么回事，突然一下就被扼住了喉咙，大气不敢出，哆嗦着声音问："小兄弟，你千万别冲动，我可没得罪你。"

朱小路将那杀猪刀紧紧抵住他脖子，小声道："死在这刀底下的，早已经有几十号性命。我不是来找你寻仇的，你打开这扇门，我不会伤着你。"

那男人哆嗦着用另外一只手卸下钥匙，打开了房门。黑暗中，朱小路轻声喊道:"朱小红,你在里面吗?"

一个女人微弱的声音迟疑了一会儿,轻声回答:"我在。"

朱小路摸索着走到桌旁,将男人摁在椅子里,道:"快给我找根绳子来。"

朱小红便摸索着送来一根绳子,朱小路将看门男人悉悉索索地绑了,又让朱小红脱下两只袜子,塞进了那男人的嘴里。

末了,朱小路冷笑一声,道:"刚才忘了告诉你,死在这刀下的的确有几十号性命,不过都是猪。你不是猪,我不会宰了你。"

说完这番话,他拖着姐姐,飞快地走出门去,闪身钻进了小巷里。

没走多远,后面响起一阵喧哗和喊声,一群野兽犹如猛虎下山,已然追了出来。

25.

百花丛中最娇艳

拖着朱小红逃命的朱小路,一口气穿过了十多条巷子,穿过了附近的棚户、荷塘、稻田和山丘,穿过树林,穿过草丛,一直窜到很远的一座山顶上,这才回过神来喘口气。

回头一望,追赶的人早已经不知去向。再一看手上牵着的朱小红,也早已经累得浑身湿透,光着双脚哎呦喊疼。

听着声音有些陌生,朱小路道:"你是朱小红吗?"

那女孩怯生生问:"朱小红是谁?"

朱小路这才发现自己救错了人,对方居然是个根本不认识的女孩,一把甩开她汗津津的手,丧气地跌坐在一旁。

女孩哭丧着脸,道:"大哥,我也是被骗来的,既然你救了我,就带着我一起逃吧。他们人多势众,只要你还在这个地方,他们肯定会想办法找到你,我还能帮你看看路。"

朱小路说:"我不能逃,我还要找我姐姐朱小红。"

女孩揉着脚背,说:"那我和你一起找吧,我总会有用处的。"

朱小路道:"你都已经出来了,还是早点回家去吧。"

女孩带着哭腔道:"这黑灯瞎火的晚上,你让我一个人走到哪里去?从我家到这里要坐几天几夜的火车。再说我骗了你才逃出来,我不是那种没良心的人,我也想帮你找到朱小红。"

朱小路只得作罢,"我还要回去,你敢去吗?"

女孩擦干眼泪,"我就知道你不甘心,既然要回去,我带你去一个最安全的地方。"

朱小路道:"我不去什么最安全的地方,我只要找到朱小红。"

女孩道:"你跟我去就对了,那里一定可以找到你姐姐。"

两人当下整理好衣服,绕开杏花村,悄悄从另外一条小路下了山。走到街上后,女孩带着朱小路进了一家小店,换了简单的衣服和鞋袜,还找了两顶帽子扣在头上。

朱小路没能拦住她,只在她耳旁道:"这得花多少钱啊。"

女孩笑道:"姐有钱,留着这些钱就是为了逃命,以前没地方花,现在终于派上用场,还不任性一回?"

朱小路定眼一看,女孩长得还很俊俏,背后拖着一只凌乱的辫子,眉眼还没长开呢,看上去比朱小红小多了,居然也敢称姐。

长辫子转过身去,从贴身的内衣里掏出两张百元大钞,拍在了柜台上,让朱小路目瞪口呆。

女孩带着朱小路走进了一家灯火辉煌的洗浴中心。

门口两个戴着平顶帽,穿着长风衣的门童齐声高喊:"两位贵宾里面请!"

朱小路吓得差点蹦了起来。

再往里走,长辫子让他分头行动,然后在二楼聚餐,欣赏节目,看看电影。

第一次真正走进洗浴中心的朱小路,看着光可鉴人的大理石地面,看着高高的屋顶,还在琢磨怎样才能杀回去,找到朱小红,突然就被一个嬉皮笑脸的男人拖进了男宾区,给他手腕套上一块塑胶小牌,啪啪帮他脱掉鞋子,啪啪帮他换上拖鞋,啪啪向他深鞠一躬,伸手朝前引导:"贵宾里面请,您是168号衣柜。"

他便摸索着找到了长在墙壁上的衣柜,看着其他赤身裸体的男人哧溜一声把手牌往柜子上一磕,柜门开了。他便照葫芦画瓢,三下两下扒个精光,换了衣服,跟着两个走路一甩一甩的大肚子男人,进了浴池泡澡。

他看到周围光溜溜的男人们,毫无羞耻地走来走去,仿佛看见一群白花花的牲口,正在悠闲地散步。他们的皮肤白得那样厉害,在灯光下甚至有些耀眼。

朱小路却是个黑不溜秋的身体,精瘦无肉,他只能把自己藏在热水里。等要起身时,倏忽一下就穿上了衣服。

他和长辫子聚集在了二楼。就在一转身,刚要坐下,他突然发现了一个熟悉又陌生的身影,起初还以为看错了,再仔细一看,那个坐在自助餐桌旁的,还真是自己的大姐朱春红。

她穿着浴场睡衣,跟在一个中年男人身后,正挑选着食物。

朱小路半天没回过神来,他有种要冲上前去的冲动,但最终还是忍住了。他从旁边的柜台里找到一副口罩戴上,默默地和长辫子挤在一起,远远观望着朱春红的一举一动。突然,舞台上的音响伴着一声尖锐的啸叫，开始喧闹起来。

演出开始了。口才异常放浪的男主持人，像所有酒吧和歌厅的主持一样，带着一副沙哑的嗓子，开始玩味地调侃现场纷纷攘攘的红男绿女。

朱小路扯了扯旁边的长辫子，"你带我到这鬼地方来干吗，这里离杏花村近，要不你留在这里，我还是先去找朱小红。"

长辫子一把将他拉住，"你没听过一句话吗？最危险的地方也最安全。再说，你知道朱小红在哪里吗？"

"杏花村十号。"

"杏花村十号是一栋房子，但是所有被骗来的女孩都关在旁边的棚户里。你这样贸然过去，不仅找不到她，还会被人盯上。"

朱小路道："那怎么办？难道一直坐在这里看无聊的把戏？"

长辫子道："不是看把戏，我们要等待时机。你认识龙哥吗？他们的老大。如果我们能想办法搞定龙哥，就一定能救出朱小红。"

朱小路心想，龙哥又是哪条虫？在这遍地是哥的鬼地方，让从小到大只有姐姐的他十分不适。

他想起晚上在小巷里偷听到的对话，没错，那纹身的花哥似乎提到过这么一号哥。他便继续坐在她的身边，等着她指出谁是龙哥。

舞台上突然从游戏转到了拍卖。说是拍卖，实际上也是一场游戏。舞台上，两个戴白手套的女孩，装模作样地展开一幅幅虎豹龙蛇梅兰竹菊，一群戴着粗重金链子的男人纷纷开始竞价，喊声此起彼伏。

两个女孩打开一副娇滴滴的牡丹图，二十块开始起拍，主持人充斥着烟草味和槟榔味的挑逗性语言,不时地飘浮在大厅的上空。

这一切,令朱小路觉得十分无聊,他想起小镇牛场里卖牛的场景,一群牛贩也是这般激烈地掀起价格争夺战——可是牛贩子们巴不得把价格杀得越来越低,这里的男人们却在一个个把价格越抬越高!

真是怪事处处有,此处尤其多!买头牛吧,毕竟作用很大,买幅画吧……能干吗呢,不能吃不能穿,每天捧在手上干瞪眼?小镇上倒也有卖年画贴画的,三五毛钱足以,何至于二十块!

他侧过头去看朱春红,只见她身边的中年男人举手了,喔,看上了这副牡丹,一举手就是八百。

朱小路愣住了。朱春红却好像没事一样,只是安静地坐在男人身边。

朱小路心里开始埋怨起大姐来,朱小红这时候不知道身在何处,她怎么能这样悠闲!旁边一位腆着肚子的斜眼老鬼开始和他们竞争,一伸手,一千。

主持人来劲了。开始表演口才。

"各位,各位官老爷钱老爷,各位侠客列位祖宗,女士们先生们,真正精彩的一幕要开始了。好,现在是这位石油大王出价,精美绝伦的腊梅傲雪图,出价一千。"

"好,这边这位再次出价了,一千一!"

"哈哈,'石油大王'看来是对腊梅情有独衷啊。现在的价格是一千五!还有哪位财主想出价?"

斜眼老鬼摇着头说:"这哥们儿疯了,为了几朵烂牡丹,抢得这么凶。不好玩，不玩了。"

主持人看着没人再出价，知道好戏该收场了，高喊道："还有人出价没？还有哪位富豪看上了富贵牡丹？现在价钱是2400！2400第一次！2400第二次……真的没人了吗？我要落锤了啊！这锤子一落，再想买就没机会了哦？2400第三……"

朱小路实在太累了，跑了一个晚上的疲惫让他眼皮开始打架。

五千块！迷糊中，戴着口罩的朱小路站了起来，伸出五根手指。

全场唏嘘不已！紧接着，有人开始高声地喝倒彩。主持人愣了一下，突然回过神来，定睛看着朱小路，却好半天没找到词。

他看着朱小路的口罩说，哟，这位来头不小，年纪轻轻，显然是位'卫生部长'！各位，真正的富豪来了！"

音响师放了几秒激情起鼓的音乐。

朱春红和中年男人诧异地回过头来看着朱小路。

他走到他们面前，对着两人惊讶的眼神微笑着。他友好地伸出手去，男人没反应过来。朱小路抡起手中的啤酒瓶，啪嚓一声砸在了他头上。顿时，鲜血飞溅，好一幅红牡丹呀！

朱春红尖叫一声，扑在他身上。充满恐惧地问："你是谁，你要干什么？"

现场几位猛汉立刻夺下了朱小路手中的啤酒瓶，七手八脚把他拉了开去。

朱小路一拧身，伸手脱下口罩。怒喝道："你看我是谁？！"

朱春红惊呆了，捂着脸，一头撞在墙壁上……

触目的鲜血一下就把朱小路吓醒了，原来是个梦，他躺在长辫子身旁早已经不知不觉睡着了。伸手一摸额头,早已大汗淋漓。伸手一摸口袋,那卷钞票还在。再回头去看,却早已经没了朱春红和中年男人的身影。表演也已经结束。

看到朱小路醒了,长辫子递过来一块毛巾,道:"你这一觉睡得真沉,差不多过去一个小时了。我们也错过了最佳时机,现在这会找不到龙哥了。"

"他刚才来了这里吗?"

"当然来了。"

"你咋不叫醒我?"

"你在睡觉啊,再说我一直找不到机会上去搭讪。"

朱小路顿时有些丧气,没想到做了个噩梦,还错过了找到朱小红的关键线索。

反正也没地方可去,两人便依偎在洗浴中心的沙发上,迷迷糊糊睡着了。

26.

姐姐的秘密

一觉醒来，天刚放亮，长辫子睡得正香，朱小路已经打定主意，要马上去黄金大道找大姐朱春红。

他要确认朱春红是回了黄金大道，还是和昨晚的中年男人睡在洗浴中心——这对他来说，十分重要。

走到门口，只听到外面一阵喧嚷，那穿长风衣的门童使劲朝他挥手，让他回避。朱小路还没反应过来，只见门口一个男人正扭着另外一个男人，一个男人一把扯住另外一个男人的衣袖，瞪大了两只牛眼睛，凑到他脸上看。

"龙哥，是你吧？"

听到龙哥二字，朱小路浑身一激灵，再仔细一看那个扯他衣袖的男人，居然正是自己千里追击、早已诅咒千万遍的杨二！

那个被叫着龙哥的男人，似乎没明白意思，突然一下被拦截，只得忙不迭装傻，"你找谁？"

红着眼睛、似乎喝得迷迷糊糊的杨二，变了凶神恶煞的口气，身体摇摇晃晃,说话颠三倒四起来:"龙哥,你现在装作不认识小弟,你实在不应该啊,不就是欠了你一点儿钱吗?你这是非要拆台啊。"

朱小路心里犯嘀咕,杏花村是龙哥的地盘,杨二把朱小红藏在杏花村,杨二是龙哥的手下……为什么杨二突然朝着他发难?

还没等朱小路想清楚缘由,醉鬼杨二借酒装疯,洋洋洒洒开始:

"上次搞行动,大家差点被一锅焖了……你们给我灌迷魂汤,让我背这黑锅……我依了你们……什么他妈的兄弟义气、江湖道义,都是扯淡!到头来我他妈像只过街老鼠,东躲西藏……"

"你知道看守所的滋味吗?你不会明白!老子好不容易这次回来了,有了翻身的本……你现在突然说不让我做这生意,还要缴了我的货——你这不是断我的后路吗?你的良心让狗吃了?"

龙哥任他扯扭着,嘴里应付道:"杨二你这点很不好,喝酒、赌博、闹事,一副烂泥扶不上墙的样子,你上了黑名单,你以为还能做这生意?大家是在帮你,你呢,好心当作驴肝肺!"

"你还是改天酒醒了来找我吧。"

朱小路顿时紧张起来,不知道怎么处理为好,一会儿想冲过去一把逮住杨二,一会儿又想着要擒住龙哥逼他交出朱小红,但终究都不顶事,他只有一个人,论单打独斗他有一定胜算,但要说同时放倒两个壮年男人,他毫无信心,倒是完全有可能把自己栽进去。

好在这两人正在窝里斗,只要一方败走麦城,对于他都是机会。

醉鬼杨二说:"少他妈忽悠我……信不信?我可告诉你,兔子急了也咬人……"

龙哥道:"如果你还认我当老大,你就先回去。等我回来开会研究研究。"

杨二却越加蛮横道:"研究?要研究什么?我受够了……你们的道儿我清楚得很——只要你从这里离开,再想逮住你比登天还难……"

龙哥一把揪住他领子道:"你别给脸不要脸!一句话,听我的你有活路,不听我的,你别想在这里继续混下去。给我滚!"

杨二冷笑一声,也揪住龙哥的衣领,道:"老子现在谁也不怕,反正你要让我做不成这单生意,我也没有活路了,你也别想好过,大不了同归于尽!"

正是两人推搡着,乱成一团的时候,一辆面包车疾驰而来,一群人蜂拥而出,纷纷过来围着杨二,忙不迭要捉他回去,为首的一个男人闷闷地给龙哥道歉:"对不起,这家伙昨天晚上又喝醉了,打搅了龙哥,我这回去好好教育教育。"

朱小路仔细一看这人,不就是在杏花村里凶神恶煞追他一路的花哥吗?

他赶紧躲在了门后,真是冤家路窄,要是这会儿被他发现,这伙人只需每人伸出一只小指头,便会将他捏碎。要是他们发现长辫子此刻就在楼上,那她也逃路无门。

龙哥拍了拍衣服,手一挥,"赶紧弄走,赶紧弄走。"

一群人七手八脚去扯杨二,他却摇摇晃晃挣扎,被扭成了麻花状,嘴里恨恨地说:"你们别他妈拉我……我话说完了……老子自己会走。"

为首的花哥看了眼龙哥,似乎脸色不好,抬手便给了杨二一个耳光,恶狠狠骂道:"你给老子醒醒,睁大你的狗眼看看,你他妈在谁面前撒野呢?"

杨二被一巴掌拍懵了,愣了片刻回过神来,红肿着眼睛道:"老子不干了不行吗?我离开这鬼地方,以后大路朝天,各走一边!"

杨二一抬手,挣脱了众人的拉扯,跟跟跄跄地独自往前走去,一回头却撞上了路边的栏杆,栽了个狗吃屎。他起身拍拍裤脚的泥土,回头恶狠狠地看了一眼众人,心有不甘,一瘸一拐地准备离开。

一个早起买菜的大爷差点就要撞上杨二,赶紧侧身躲了过去。

杨二撒气地骂道:"你个老不死的,第一天出门走路啊!让老天爷保佑你赶紧被车撞死!"

大爷一看周围架势不对,挎着篮子匆忙跑开,一边跑一边嘟哝道,大清早怎么碰见个神经病!

杨二远远地站在路口,想了半天,还是忍不住回头来,指着龙哥道:"我知道!不就是那个婊子讨好你吗?你们做得太绝了,咱们走着瞧!"

杨二离开后,龙哥斜视了花哥一眼:"你办事太不小心了,让你放人,又没让你惊动他。"

花哥连忙岔开话题,装傻地说:"龙哥,杨二真是太嚣张了,照他这样闹下去,迟早要出事……我们转移一下地方吧,杏花村这地方确实越来越打眼了。"

两人正说着,朱小路盯着龙哥的脸,总觉得似乎在哪里见过,晨曦的薄雾中,严肃、冷漠,像一块石头。

他想起了昨天晚上和朱春红坐在一起的中年男人,严肃、冷漠,不正是他吗？

突然发现朱春红昨晚和黑老大龙哥在一起，朱小路有点想不明白，他们那样热烈的拥抱和接吻，朱春红到底想干什么？

花哥一众人等看着龙哥不说话，便上前讨好道，老大，要不我们先送你回家吧？

龙哥道："他杨二还不能把我怎么着，我还有事，你们散了吧。"

于是一群人在花哥的带领下，呼啦啦钻进了面包车，逶迤而去。

藏在门后的朱小路，还在犹豫是否要冲上去擒住这个中年男人，一个熟悉的身影已经从旁边钻了出来，默默地站在龙哥身边。

龙哥道："你还挺机灵，知道关键时候招呼人来救驾。"

那女人道："你有心帮我们姐妹俩，我怎么能给你添乱？幸亏昨天留了花哥电话，要不然也只能干着急。"

龙哥道："不要怕杨二，一身臭毛病，不讲规矩，早就容不下他了。"

女人点点头，挽住龙哥的手，双双离开。

此时的朱小路，愣在了门口，这女人不正是姐姐朱春红吗？看来她已经捷足先登，直捣黄龙。

这样想着的朱小路，顿时仿佛放下了一块沉闷的石头。

27.

黑夜绽放

朱小路暂时不想面对朱春红,他不知道是否应该认可她营救朱小红的方式。

长辫子于是带着朱小路住进了一家小酒店。

她那天新买了一件白色的宽大衬衫,特别宽,特别大,把下面的短裤完全遮住了,浑身便只穿了衬衫似的,长辫子散开,成了一头披肩长发。

朱小路吃了一惊,这丫头学得真快,眨眼之间变成了一个大姑娘,懂得打扮,懂得取悦男人了。

街风把她的衬衫吹得鼓鼓的,长发拂过,仿佛一只原野飞来的蜻蜓。她就那样趴在阳台上,痴痴呆呆地看着街面上蠕动的人和车。

朱小路有点累。她便在房间里穿来穿去,整理那些乱七八糟的房间,把方便面盒和橘子皮统统收拾起来,丢进垃圾桶。

朱小路一个劲地鼓舞她:"你真是个勤劳的好孩子。"

"你也会夸女孩了,你也是个好孩子。"她笑着说,"收拾干净看着也舒服。"

朱小路懒洋洋道:"随便吧,反正我很快就要带着朱小红回家了!"

她便扔了手里的东西,扑过来围在朱小路旁边,伸手扯住他衣服,问:"那我怎么办?"

朱小路愣住了:"你问我?我怎么知道?当然是各回各家,各找各妈啊。你刚刚拿了橘子皮吧?怎么揩在我衣服上。"

她横朱小路一眼,恨恨地说:"你嫌我脏了?当初把我救出来的时候怎么不嫌弃我?"

看她有点生气的样子,朱小路迟疑了一下,伸手抱住她,"没有嫌弃你,你也该回家了,家里人指不定正在四处找你。"

她便顺势扑进他怀里,又伸出指头来摸他下巴上生长出来的一撮鲜嫩胡须,"回什么家呀,跟着你回家好不好?"

她比朱小路要高不少,他便有点搂不直她,任她像根面条摊在身上。她对人体似乎很有研究兴趣,凑近了朱小路盯着喉结看,然后摸摸自己的脖子。

"你这喉结长得有些和书上的不同。"

然后就把他脑袋翻得像个鸡窝,翻来覆去地捋头发,活像母猩猩捉虱子。翻完了,不知从哪里摸出根皮筋,在他头顶上扎了个冲天炮。

朱小路从镜子里看了一眼,像个小丑,甚觉无趣,这女孩有点不着调,看着个儿不小,心里还住着个孩子。

朱小路说:"太累了,你自己玩吧,我睡会儿,别吵我。"

她正在兴头上,根本不理会,便用手来掏他咯吱窝,"就要玩,就要你陪我玩。"

朱小路闭上眼睛,打了个哈欠,不想再理她。她也不管不顾,继续伸手在他周身乱摸,顺手解开他衣服。

"来,让姐姐看看你的发育情况。"

他有点恼怒,捂着受伤的胸,瞪着她吼:"叫你别闹,听不懂人话啊?"

看他火了,她怔在旁边,突然有点不知所措。他便扔下她在沙发上,独自钻进了被窝,把自己裹起来,闷头睡觉。

直到下午五点多,朱小路才一觉醒来。她不知道什么时候已经走了。房间收拾得整整齐齐,脏衣服被她洗干净晾在阳台上。她晾衣服的方法很怪异,斜着把衣袖挂在架上,像一面旗帜。

朱小路有点懊悔,应该陪她一起吃晚饭,不让她单独出去。要是她再被抓走,自己恐怕又会良心不安吧。

他准备出门去找朱春红时,却遇到了走回门口的长辫子。

长辫子说:"你姐姐现在不在黄金大道。"

朱小路不信,"你又不认识朱春红?"

长辫子道:"我认识的人可多了,只是你不知道而已。"

朱小路道:"那你说她去了哪里?"

长辫子说:"你跟我走吧,我带你去找她。"

朱小路将信将疑地跟着她,一直走到一个震耳欲聋的酒吧门口。

他不解地问:"我们要进去吗?你不怕等会被他们那伙人发现?"

长辫子笑了，拍拍他的肩膀道："姐可不是第一天混的。"

门口一个穿豹纹短裤，顶着爆炸头的女孩热情地挽着长辫子，她用一只涂满了各种色彩的眼睛，偷瞄了一眼朱小路，然后凑在长辫子耳边嘀咕了半天。不一会，两人便窃窃嬉笑起来。

朱小路被拖进了昏暗的酒吧大厅，在塞得满满的人堆里，紧紧抓住长辫子的手，一直往前挤过去，摇曳的灯光和震地的音乐，笼罩在他头顶上方。豹纹短裤先挤到了卡座旁，向人们热烈地招手。

长辫子便把他生硬地从一群逆流而过的人潮中拽出来，抵达了卡座。

借着迷离灯火，他发现卡座里还坐了几个女孩，但是并没有朱春红。他便凑在长辫子耳边高喊道："朱春红呢？你不是说带我去找她的吗？"

长辫子也在他耳边道："我们要先和她们喝酒，让她们说出你姐今晚在哪里活动。"

朱小路愣住了，他感觉整个屋子都在震动和摇晃，身体好像被人一拳头一拳头砸过来。他不明白为什么人们会喜欢这样恶劣的场地，这样令人呕吐的歌曲，但卡座里的几个女孩分明正在筛糠似的跟着音乐发抖，表情十分享受。

她们一律穿着热裤，瘦小得看不到屁股，分不清大小腿，看不出正反面。

豹纹短裤冲其他几个女孩大声嚷嚷道："看到没，小雪的正牌男友！她终于解放了，姐妹们咱们今天好好给小雪庆祝下。"

朱小路只能装作没听到，这些女孩实在太奔放了，他直到这时候才知道长辫子叫小雪,连她名字都不知道,自己怎么会是她男朋友呢?

豹纹短裤微笑着,一杯酒递过来,说:"帅哥,初次见面,我敬你一杯。"

朱小路也不知道该怎样回话,端着酒一口喝了,只觉酒味并不浓烈,比在家里喝的烧刀子平常多了,反倒有股淡淡的甜味。余下的女孩们也便纷纷端过杯来,一口气几杯下肚,脸色也就开始红了。

女孩们凑在一起挤眉弄眼,不时爆发出阵阵笑声,看着他不怎么说话,便纷纷打趣旁边的小雪,和她欢快地喝起来。

豹纹短裤凑在她耳边说:"长得帅,老老实实的样子,实在太可爱了,赶紧把他办了。"

小雪很快也喝到小脸绯红,对豹纹短裤道:"他就是傻,什么都不会,我能用的几招都用了,根本不管用。"

豹纹短裤道:"原来那个吸血鬼呢?"

小雪又喝了一杯,道:"吸血鬼被我们捆在房间里,一棍子打晕了——你千万不要和他说实情,他还以为真是他救了我呢。虽然我早就想摆脱吸血鬼了,但是一直没狠下心来。他倒是推了我一把。"

两个女孩说到这里突然有点伤感。

小雪便对朱小路道:"你不是要找朱春红吗,赶紧请她帮忙问地址啊。"

朱小路不知道为什么要问她,豹纹短裤已经掏出手机,捂住一边耳朵,用十二分真气尖细地喊:"喂,听得到吗?花哥你在哪儿啊?"

朱小路一愣。

"花哥在吗？今天晚上的活动安排在什么地方？"

想要再听时，她低头说了几句，便匆匆挂掉电话，回头来对着小雪道："搞定了，听到我们要带两个女孩去，他很欢迎，但是提出能不能不带男孩。我说两个女孩只带一个男孩，我们还是做了贡献。他同意了。"

朱小路不知道他们叽咕些什么，心里莫名其妙地有了更多担心。趁着她们聊天，他和其他几个女孩继续喝酒。

一个胸无城府的女孩，大大咧咧，像个爷们，两杯酒下肚，把手搭在他肩上，问："你是俱乐部的人吗？"

朱小路完全没弄明白，"什么俱乐部？"

她有点不相信地看着他，"你不是小雪的男朋友吗？"

朱小路被一口酒噎住了，结结巴巴说："我们是……朋友。"

"我看你也不像俱乐部的人。但是她不可能没告诉过你吧？"

"她的事情我本来就不了解。"

"那倒是，有些事情你不要知道得太多。"她一把搂住朱小路的肩膀，双脚翘在桌面上，醉眼迷离道，"哥你有烟吗？"

朱小路摇摇头。那女孩哈哈笑起来，伸出一只涂了红色指甲的手，轻轻地拍了拍他的脸，从裤兜里掏出一个小盒子来，"我有，抽一颗吧。"

豹纹短裤这时候注意到了她的动作，把她扯了下来，悄声叮嘱道："你注意点分寸，他可不是俱乐部的人，俱乐部都是些什么人你不了解吗？他只是来找他姐姐，恰好遇到了小雪。小雪顺水推舟，摆脱了吸血鬼。记住,不要说今天见到过她们。"

女孩醒过来一般,点点头,又回头看了一眼朱小路,确实眼神里没有丁点儿杂质,怎么看都不像那些依附着女孩生存的男人——她们嘴里的"吸血鬼"。

最初时,她们被"爱情"引诱,爱上一个远方的男人,轰轰烈烈;再后来,她们为"爱情"走上献身之路,只为拯救陷入困境的男友;到最后,她们觉得"爱情"只是一场泡沫幻影,虚度的人生已经无法倒流,她们私底下称呼那个被自己养着的男人为"吸血鬼"。

酒过三巡,身体放松,话题扯开,女孩们半醉半醒的状态临近,卡座里才有了一些山高月小水落石出的兴奋。

豹纹短裤藏不住话,嘴巴锋利得没有一丝余韵,她看着沉默得像一块石头的朱小路,大大咧咧地说:"你喜不喜欢小雪?"

朱小路顿觉脸上滚烫,不知道怎么接茬儿,只能含含糊糊自己灌了自己一杯。

一伙人喝到七歪八斜,小雪搭着朱小路的肩膀,钻到了门廊边。

"小路,你知道吗?你长得特别像我哥哥。"她的脸红通通的,双眼似乎要喷出火来,两只手像章鱼脚一样挥舞着,一把扯住了朱小路衣领,她的热气喷在他脖子上,让他觉得浑身燥热。

他忍住自己荷尔蒙的冲动,一个人拧身逃进了厕所,用两捧凉水洗了把脸,让自己平复下来,对着镜子一个劲地叮嘱,朱小路你是来带走朱春红和朱小红的,你千万不要多带走一个女人。

等他平静下来,回到卡座时,豹纹短裤已经有些急了,举着手机说:"你去哪了?活动都开始了,我们赶紧走吧。"

于是,她领着小雪和朱小路,匆匆出了酒吧。

朱小路跟着两个女孩,坐在的士上,七弯八拐到了一处叫射手座的小院。他只在电视里见过这样宽敞又整洁的房子,一切犹如梦幻泡影。

豹纹短裤敲开门,却并没有意料中的热闹,一个年轻男孩钻了出来。

"咦,安妹妹,怎么是你在这?"她显得有些惊讶。

"安妹妹"穿得花里胡哨。一条鹅黄紧身裤配上淡蓝的连帽衫,瘦得骨头快要戳到肉,看了看他们,似乎都不认得,冷冷地问:"你们找谁啊?"末了,对朱小路浑身睃了一遍。

"我们上次在酒吧见过,你不记得了?我们找花哥啊,今天聚会。"豹纹短裤说。

那男孩立刻古灵精怪地笑了,像老朋友一样说:"哎呀,是你呀,都没认出来,那天酒吧太黑了。这才多久没见呀,比那天更漂亮了。"

豹纹短裤说:"你也更帅了啊。"

"活动临时改地方了,在最上面的处女座。我在这里等着通知大家呢。"男孩说。

"难怪,可辛苦你了。"

三个人于是转折去了处女座。

这次开门的是个陌生女人。她神神秘秘地探出头来,冷眼打量了三个人一眼,问:"你们是谁?"

"找花哥,参加活动的,路上买了点药耽搁了。"豹纹短裤扯了个小谎。

那女人愣了一下，看了朱小路一眼，冒出莫名其妙的一句话来："知道口令吗？怎么不回答口令？"

豹纹短裤顿然醒悟道："太急了太急了，我知道，你再问一次。"

女人又问："你们是谁？"

女人话没问完，豹纹短裤已经抢答了："我们是处女。"

女人微笑了一下，把门打开，"快进去吧。"

三人便钻了进去，豹纹短裤轻声对小雪道："幸亏我机灵，原来改到处女座了。"

刚准备上楼，那女人又一招手说："咦咦咦，不懂规矩吧？快去客厅把装备戴上，可不能这么赤裸裸地去。"

豹纹短裤吐了吐舌头，从包里掏出三个金色面具，分别让小雪和小路戴上。虽然是个面具，但下半边脸仍然露在外面，眼睛也宽松得很，周边插满羽毛，实在简陋，朱小路纳闷了半天，本不情愿戴这劳什子，但转念一想，等会可能见到花哥，戴着也好，免得麻烦。

三个人换好妆扮，豹纹短裤磨蹭着和小雪聊天，说："今天我可是冲着花哥来的，你说他会不会选我？"

小雪捏了一下她的鼻子，说："那可不一定，找他的人太多了。自己多放电呗。"

小雪又回过头来，拨了一下电话，赶紧挂断，装模作样地对朱小路说："我要不要联系下你姐呢？嗨，还是算了吧，她如果在，大家见了面，肯定怪难为情的。"

正准备进到现场去，门铃突然轻轻响了两声。小雪开了门，一个早已经戴好面具的男人轻轻钻了进来。

朱小路正准备问他是谁，小雪还没来得及拦住他，他已经一猫腰钻进了大厅的人群里。

她讪讪地说："这都什么人啊，一句招呼不打就自己走了。真是莫名其妙。不管了，肯定是老熟人，赶紧进去吧。"

她轻轻关上大门，临了，伏在朱小路肩膀上，冲耳边悄悄地说："记住了，我们两个面具都是银色的，等会儿玩游戏时，你一定要选我——否则，我就不告诉你谁是朱春红。"

朱小路心想，你穿这一身黄黄绿绿的衣服，早就把你出卖了，还要认什么面具。

二楼是个大客厅，临进门时，豹纹短裤双手合十，眯着眼睛自己和自己说："菩萨保佑，菩萨保佑，找到花哥，找到花哥。"

"找到他干吗？神秘兮兮的。"朱小路嘀咕道。

"你去了就知道了。"她嘻嘻一笑，故意卖关子，"现在不能告诉你。"

朱小路心道，这都什么破规矩，装神弄鬼。

门一打开，这才发现小客厅里早已经挤了满满的人，全部都戴着各式各样的面具，灯光虽然幽暗，但所有人衣服都很亮眼。一眨眼工夫，窜进人群里的豹纹短裤就找不到了。

既然没有人招呼，那就是随意了。反正谁也认不出谁，面具就是盾牌。

朱小路和小雪自己找了墙边的沙发坐下，开始四处寻找朱春红的身影。

正摸不着头脑的时候，豹纹短裤又从背后窜了出来，兴奋地趴在小雪耳边说："我好像找到花哥了，不知道能不能搞定。"

"看来你今天志在必得。"小雪说。

"本来就是。"她白了小雪一眼，"男人都一样，与其跟着个没用的吸血鬼，不如跟着花哥。"

小雪没好声气地说："那你快跑过去抱住他，别让他跑了。"

活动很快开始了。

一个男人的声音冒了出来："来来来，先来个素菜，第一个游戏叫'点射'，每个男的先想好等会点谁一起合唱。都要唱情歌，谁也不许拒绝。"

男人一开口，朱小路立刻听出他正是花哥。虽然只远远交锋过几次，但那副沙哑的烟酒嗓早已刻在他脑海。

这个游戏没什么意思，一些男人开始活跃起来，端起红酒向女孩们逐个敬酒。

小雪推推朱小路说："不要光愣着，找人要紧。你发现朱春红吗？"

朱小路正对着一个穿红裤子的女人发呆，心想她到底是不是朱春红呢，他记得大姐很小的时候最喜欢穿一条破旧的红裤子，他也记得那时候大姐经常和他说长大了一定要买很多很多自己喜欢的衣服……

朱小路头也不回地说："有个人很像。"

小雪便叮嘱道："千万不要莽撞，没有十足把握不要去和她确认。"

坐在旁边的豹纹短裤生意不算太好，一圈圈的男人跑过来敬酒，和她说话的总共不过三个,而且全部是"你好,很高兴认识你"之类冠冕堂皇的客套话。

一个带帽子的男孩朝这边走来,却转头和她旁边另外一个女孩热乎起来,那女孩胸口开叉很低,如果单以着装论,她无疑在全场最夺人眼球。

"咦,怎么是他?"豹纹短裤轻轻地哼了一声,背过头去悄悄解开了上衣的第三颗纽扣。

小雪点醒她:"解开了也没什么用。"

她推了小雪一把,说:"去去去,起什么哄啊,小瞧我是不是?"

这一轮游戏没太多意思,大家好像才开始热身,红酒倒喝了不少。小雪选了一首很老的老情歌,非要拉着朱小路合唱,结果他一个字也唱不出来,跟着哼哼半天。

她却快活地看看朱小路,说:"你还算识相。要是等会大家都配对成功,而我落单了,那该多丢人。"

第二轮游戏叫"求温暖",男人一队,女人一队,双方每次派出一个代表掷骰子,比大小,大的一方在对方挑选一个人紧紧拥抱五秒钟。女人们开始还羞羞答答,不好意思上前掷,男人们却开始有了点兴奋的意思,最后只得轮序。两圈骰子掷下来,男人队里花哥被最多的女人拥抱,女人队里豹纹短裤拖了后腿,鲜有问津,没人搭理。

第三轮游戏是"纸接力",男女间杂着,围着桌子站成一圈。花哥抽出一张面纸,将一角放进嘴里,把嘴凑到左边的女人嘴边,女人也只能用嘴去撕。这张纸既要留一些在传递者的嘴上,也一定要撕一些在自己嘴里,然后依次再往下传。

眼看着现场的游戏越来越疯狂,完全看得痴呆的朱小路,悄悄地躲在了旁边的暗道里。

第四轮游戏是"抢数字",现场一共二十二个人,要抢喊的数字是从一到二十一,如果中间有两人同时抢喊了同一个数字,两人各脱一件衣服,喝一杯酒。因为少一个数字,所以最后总会有一位抢不到,抢不到的人被惩罚脱一件衣服,并喝一杯酒。

每个游戏仍然会带有惩罚措施,这个时候全场略微安静了一些,但很快被一浪高过一浪的轰笑盖过。

朱小路瞥了一眼大厅的门脚,如果猜得不错,那个围绕着一副磨盘一样的机器,正在胡乱触摸着打碟的,正是之前射手座遇到的"安妹妹"。

正在朱小路犯嘀咕的时候,突然,一阵刺耳的手机铃声响起,顿时打破了现场疯狂的气氛。喧闹调笑的男人和女孩们,突然停下动作,面面相觑。

大厅陷入死一样的寂静。朱小路这才意识到,那铃声似乎来自于豹纹短裤的外衣口袋里。

他从沙发上的一堆衣服里把手机扒拉出来,胡乱摁了半天也没有使它停止下来。花哥突然一把夺了过去:"你是新来的?不知道规矩啊?"

朱小路一下顿悟过来,这么热烈的场面,可是中间始终没有任何人接过电话,注定了这是一场绝对隐秘的活动,不得和外界有半点联系。他装傻道:"什么规矩?"

花哥很生气地别过头去，满肚子教条但却懒得和他说，只是朝角落方向喊了一句："还愣着干什么？把手机拿过去，替这位朋友保管。"

打碟的安妹妹马上从角落里钻了出来，把手机拿了过去，一回头朝朱小路飞了一下眉毛。那意思是活动搞完就来拿吧。

游戏继续，现场的氛围很快再次爆发。朱小路还停留在刚才的尴尬里，一只手突然搭在了他肩上。

"你在找什么人吧？既然出来玩，就玩得高兴点，想得那么多，只会不快活。"

听声音感觉十分熟悉，他一回头，对方却又飘到人群中去了。

旁边的小门忽然悄悄打开，刚才还在沙发上拥抱着的一对男女，一闪身钻了出去……

一会儿工夫，又有两对男女悄悄溜出了大厅……

看看现场，只余下凌乱交错的男男女女，再停留下去也没什么必要，朱小路起身准备离开。突然灵机一动，朱春红会不会在楼上？

于是，他摸黑走上楼梯，正在找扶手的当口，两个黑影在灯口处一晃，匆匆跌下楼来，差点撞在他怀里。

这人取下面具，一晃之间，他觉得什么地方不对劲。什么地方不对劲呢？他拍了拍脑袋，半天没想起来。

在二楼站定的时候，他恍然开窍，刚才跌下去的男人，不就是在黄金大道上踢了自己一脚的黑哥吗？带着他和朱春红一起到杏花村寻人，差点把他拎着摔在大马路上……

他也出现了，这是多么神奇的一次偶遇！小雪、豹纹短裤、花哥、黑哥、朱春红，他们都汇聚在此，集体搅碎了这漫长的黑夜。一次次让他震惊、愤怒、羞涩、迷惘，而现在，他反而一步步平静下来。

朱小路轻轻地向里走去，最里面的一扇房门微微开启着，偷瞄过去，两人丝毫没有注意到门未关紧。再仔细一看，朱小路顿时惊呆了！

房间里的俩人是花哥和豹纹短裤！那缠扭在一起的动作，仿佛两条柔软的水蛭。

他转身下楼，脑袋里仿佛缠绕着千万个疑问，他不知道他们从何而来，为何而聚，最终归于何处。

他仔细地回想这一幕一幕，黑哥刚刚上了二楼，他看到了花哥，他很可能是跟踪花哥和豹纹短裤而来！

黑哥出现了，意味着朱春红刚刚就在大厅。他连忙一扇扇推开二楼房间的门，唯一令人沮丧的是，他依然没有发现朱春红的身影。

他整理了下心情，悄悄地摸黑下了楼，转身到了大厅里。

他想起黑哥下楼时，身边跟着的那个女人，突然一拍脑袋，恨恨地咒骂自己，朱小路你这个猪脑袋，那个女人肯定就是朱春红！

他正准备追出时，"安妹妹"在角落里朝他微微一笑，算是打招呼。

"哥们儿，把我朋友的电话给我吧，看样子是要散场了。"他说。

"安妹妹"也不说话，莫名其妙地盯着他上下打量了一番。那意思似乎是手机没在他这里，又或者根本就找错了人。

他补充一句，道："别玩了，下次我会记得规矩的。"

"手机没在我手上，你不会自己找啊。"

朱小路在桌子和那台仿佛磨盘一样的打碟机周围看了看，没发现什么异样，开始反感对方的诡异和莫名其妙——干吗藏这玩意？

再起身时，安妹妹微笑不语，指了指自己的胸口。

什么意思？他有点丈二和尚摸不着头脑。

还没反应过来，对方突然一把抓住他的手，往他的针织衫里拖。"你自己来拿啊，在里面呢。"他说。

朱小路的手便突然触到一件软绵绵的胸罩，顿时吓了一跳，他不明白这个不男不女的家伙到底在卖什么药。

他迅猛地摸到手机，不等对方继续来捉住，抽了出来。

对方却迅疾地伸出另一只手来。朱小路顿时像头狮子一样暴怒了，大喝一声"松手"。

他一秒钟也不想在这个角落停留，闪电一般窜了出去，留下对方在背后娇滴滴地喊："哎，你别走啊。"

跑到小院外，他感觉胸口有股恼怒还在燃烧，在玉兰花树底下猛吸了几口香气，才感觉慢慢平复内心的翻腾和暴力，跑到水池边，疯狂地搓洗着双手，却怎么也洗不掉手上那软绵绵的触感，浑身好像瘫痪了一般，十分恶心。

这星月迷蒙的夜晚，朱小路很是恼火，后悔刚才没有猛地将对方踢翻在地。

正准备离开这个乱七八糟的地方，豹纹短裤的手机突然响了，他惊慌失措，胡乱摁了半天，一个嗓门巨大的女孩叫道："你搞定花哥了吗？那个死心眼的朱小路，不知道跑哪里去了——我落单了！"

他猛然醒悟，那是长辫子小雪的怒吼。

28.

鲜血梅花

第二天早上,朱小路还在睡梦中,旅店的门突然被敲得震天响。

他迷蒙中腾起身来,正要穿鞋时,双脚踩上一团柔软的肉体,差点摔了一跤。

回神一看,居然是小雪睡在了床下。他已经完全记不清昨晚最后发生的事情。小雪尖叫一声,揉着腰部醒了过来。

来敲门的却是朱春红,她急匆匆地从背后拖出蓬头垢面的朱小红,推到了朱小路跟前。

此时呈现在他眼前的朱小红,完全褪去了那个小镇裁缝的骄傲和倔强,一头乱发散出臭烘烘的气味,黑漆漆的脸上,甚至露出了颧骨的轮廓。

朱小路赶紧将她们拉进房间,朱春红想挣脱开,却被他紧紧拉着。

"三姐都已经找到了,你还要到哪里去?"他不高兴地问。

"你赶紧带着小红回家吧,这里不能待了。"

"你不打算和我们一起走吗?"

朱春红别过脸去,"我不会走的。"

朱小路沉默了,他不明白小时候那样春光灿烂的大姐,为什么变成了现在这个陌生的女人,他不明白她到底留恋什么。

朱春红一时挣不脱,走不掉,只得被拖进了房间。

坐在床沿上,她的眼泪开始滚滚而下,在脸上冲出两道白色的沟壑,泪水滴落在地面,也是浅浅的白色。

刚刚清醒的小雪,此时完全醒了过来,默默地向她递过纸巾。

朱春红说:"你们赶紧走吧,再晚一点不知道又会发生什么……"

朱小路道:"你昨天晚上是不是去参加了处女座的活动?"

朱春红啜泣:"小路,你不要再问了,我知道你住在这里,当然也知道你昨天晚上在哪里。最先开始,我们想尽了办法找到龙哥,他答应放过小红,可是杨二来了,把我们的计划全打乱了。没办法,昨天晚上我和黑哥去跟踪了那个叫花哥的人,悄悄偷了钥匙……"

朱小路一拳头砸在柜子上,"你早告诉我,我去撬了锁,哪用这样麻烦。"

朱春红摇摇头,道:"小路,你想得太简单了,只要龙哥没点头,杨二这个吸血鬼会跟着你一辈子,喝你的血,吃你的肉……"

小雪也气愤道:"杨二就是条癞皮狗!"

朱小路道:"杨二现在在哪里?我要砍了这狗日的!"

朱春红默默地擦干眼泪,"这会儿他肯定已经发现朱小红被带走了,你要是听话,就赶紧离开这里。"

小雪已经默默地整理好衣服,放进了朱小路的帆布包里。

朱春红领着朱小路，朱小路领着朱小红和小雪，一行人匆匆出了门，赶往车站。

准备买票时，朱小路要接过小雪手里的包，小雪却紧紧拎着，丝毫没有松手的意思。

朱小路道："你也赶紧回家吧，你爸妈肯定一直在等你。"

小雪低着头道："我想跟你走，你去哪里我去哪里。"

朱小路有点慌了手脚，又一把扭住朱春红，"既然这样，要走大家一起走。我们回家去，再也不回这个鬼地方！"

四个人正在拉拉扯扯互不松手，一辆面包车急速驶来，杨二黑着脸跳了下来。

他飞快地一把擒住朱小红，一只锋利的匕首抵住了她细弱的脖子，你们谁都可以走，但是她必须留下。

曾经那样勇敢而倔强的朱小红，在杨二的匕首下，嘤嘤地哭了。

小雪吓得脸色惨白。朱春红呆了。

朱小路道："杨二，你这个孬种，吃软饭的吸血鬼，你有种冲我来！"

杨二并没有理睬，开始朝面包车挪动步子。

朱春红把弟弟拉到了身后，流着眼泪道："冤有头，债有主，你又何必为难无辜的人？当初你逼着我走上了这条路，我如了你的愿，说好大路朝天，从此各走一边……可你从来就没打算放过我！现在……什么也不说了……只要你放了他们……以后我都听你的，所有挣的钱都归你。"

杨二冷笑道："你这个贱婊子！你还有什么用处？当年不是你背

叛我，也就不会有今天！"

朱小路趁着杨二说话的当口，绕到他身后，抽出杀猪刀，猛地一刀砍去！

杨二来不及转身，杀猪刀已经砍中腰部，鲜血顿时喷涌而出。

他松开手来捂住伤口，顷刻如火山爆发，双眼睁圆，口里大骂道："小兔崽子！看我不弄死你！"

趁着他自顾的当口，朱小红跑到了朱小路身后。

杨二挥舞着匕首，没能刺中朱小路，一转身，匕首插进了躲闪不及的朱春红身体里。朱春红紧紧地抱住杨二，朝朱小路大喊道："你们快走！"

悲愤交加的朱小路，丢下杀猪刀，浑身毛发都仿佛竖了起来，像一头野猪一样冲向杨二。

杨二闪身躲了过去。旁边一直站着的小雪冲了过来，把杨二冲到了楼梯角上，连带着朱春红，两人倒栽葱似的眼看就要摔向地下停车坪。在乱抓乱喊中，杨二牢牢地扯住了小雪。

三人如连珠炮般跌落，三声砰砰砰巨响过后，十米高的停车坪上，顿时摊开一幅巨大的鲜血梅花……

崩溃的朱小路和朱小红，双双瘫倒在地上，嚎啕大哭起来……

29.

喊魂

正是清明时节，朱小路带着朱小红，终于回到了生养自己的村庄。

自从大姐朱春红把三姐交到他手里后，他始终没有开口问过她这些天的遭遇。

他觉得追问那些过去的噩梦，已经毫无意义。

傍晚的村庄上空，饭菜的香味和牛粪的气息混在一起，让他的心情也搅在一起，像一锅杂碎面。他一边走向亲切的泥土，一边平复着内心刚刚经历的一切风起云涌和狂躁激荡。

在出发之前，他有种莫名的急切和勇敢，而现在，临近家门口，他带回来的只有无尽的伤痕和悲切。鼻子底下，初生的胡须开始蓬勃飞扬，黝黑的皮肤更黑了。

夜幕初降的村庄，犹如狂躁了一天刚刚疲沓的孩子，昏黄的电灯照射着灰重的天空，可以清晰地看见一颗颗灰尘卷起，在他的幻觉里，那是一颗颗黑色的冰雹。四月的飞蛾和各种不明飞行物，瞎头瞎脑地穿行在灰尘里,胡乱碰撞,然后坠机地面。

他和朱小红走过一座坟,两座坟,三座坟,四座坟,五座坟,六座坟,七座坟,停在了村头,距离家门口一百米的地方。在第七座坟地里,埋葬着他们的父亲朱解放。他拉着三姐,默默地跪倒在父亲面前。他看着眼前燃尽的香烛纸钱,最后只剩下一堆通红的灰烬,却仍旧那样跪着。

对面山脚的家门口,一个头发凌乱的女人摸索着墙壁,走了出来,把一只扫帚挂在了墙上,默默地在地上点燃三支香,开始用筷子敲打手中的饭碗,扯着嗓子朝门外喊:"三毛坨,天都黑了,快回家吃饭!"

她喊一声,敲打一下手里的碗,破碎的声音飘散在灰色的空中,苍白得如一柄锈迹斑斑的水果刀,一声声切割在朱小路的心里,刀子很钝,一刀一刀来回折磨着他。

他顿时被刀子磨醒过来,那声音并不是真的要叫回三毛坨,而是要把孩子在外面玩丢的魂魄给喊回来。

他突然惊醒,那喊声来自他哭瞎了眼睛之后又走失多年的老娘刘美丽。他曾经坐在她的腿上磕瓜子,抑或流着鼻涕牵着她的手,吃着温热的茶叶蛋。

眼前的刘美丽让他仿佛突然一下被撕裂开来。刚刚过去的经历犹如一场噩梦,又好像手心里的痦子,无论怎么清洗双手,它始终在那里,不大不小,不疼不痒。

一声声叫喊着的刘美丽,声音渐渐低沉了下来,转而变得嘶哑,像一块丢弃在狂风中破布条,飘来荡去。

马婶从很远的地方走过去，往嘴里扒拉着饭，看着旁边燃尽的三炷香，对她说："三毛坨又被吓着啦？怕不是前几天清明节去坟山玩出来的吧？香都烧完了，你歇会儿吧。"

刘美丽张着耳朵，嘶哑着声音大声问："你说什么？我听不见！"

朱小路牵着三姐朱小红，就是在这个时候出现在刘美丽面前的。她摸索着正准备收起墙上的扫帚，马婶刚送进嘴里的一口饭搁在了舌尖上，张大着嘴看着他，含混不清道："你你你……"

刘美丽被旁边奇怪的声音吓了一跳，差点后退三步才站稳脚跟。她用手遮挡了一下昏黄的灯光，企图眯着眼睛看清眼前这个陌生来客。

朱小路喊一声："娘！"

刘美丽焦急地问马婶："这是三毛坨吗？"

马婶一口饭差点喷到脚上，笑着大声道："这不是三毛坨，三毛坨在你屋里，正躺在床上发烧呢！这是你儿子回来啦！那个跑出去追杨二的朱小路，还有你的女儿朱小红！"

刘美丽这才释怀，"我说咋一转眼，三毛坨就长这么大了！"

朱小路进屋放下手中的行李，说："娘，是我，朱小路回来了。"

刘美丽没听清，问道："你大点声，我听不到，很久很久以前，一个惊雷把我耳朵震聋了！"

他只得又重复一次，"是朱小路和朱小红回来啦！"

刘美丽若有所思道："哦哦哦，是你们回来啦。突然又惊住，你们咋回来啦？你们不去打工了吗？"

朱小路一下子被噎住了，他懒得去解释，也解释不清楚。

他看见灯光下的刘美丽嘴巴干瘪，牙齿已经掉光，眼窝深陷，满头白发迎风飞舞，再一次眼眶湿润，但却努力克制着，不使它真正形成一颗泪。

小时候的朱小路曾经那么爱哭，妈妈从手绢里掏出两角钱要他买铅笔时，他偷偷哭过；妈妈背八斤茶叶走十里夜路只为每斤多出五分钱来供他上学，他偷偷哭过……现在，他已经习惯了不哭。

他们的二姐朱秋红和姐夫黑狗子，这时也闻讯从山那边赶了回来，很可能草草地结束了一场土地的栽种，尚未最后完成，所以背篓里仍旧摇曳着几支未曾种完的红薯藤。他们什么也没问，开始给弟弟妹妹整理床铺。

家里的一切并没有很多变化，只是缝补过无数遍的蓝花被子洗得更白了，墙脚从小用过的炉子烧得更秃了，朱秋红夫妇的沉默已经成为习惯了，带完儿子带孙子的刘美丽也已经干瘪得如一页薄纸了。

睡在隔壁的三毛坨仍然不断地做着噩梦，伴随着突然的哭声、热汗和发烧，一岁多的孩子脸色惨白。朱秋红赶紧跑过去抱在身上。

她对弟弟妹妹说："快过来看看你们的侄儿吧。"

朱小路于是看到了一个鼻涕口水糊了满脸的崭新面孔，就像他幼时一般。

没有上过学堂的刘美丽，运用打屁股、扯头发和骂娘等一系列手段，像一只殚精竭虑的老母鸡，将他和三个姐姐拉扯大。现在，她又开始负责孙子三毛坨了。

她还没有成功把孙子喊回来，她大声对黑狗子说："我嗓子哑了，你拿上脸盆和木槌,我们一起到房顶再去喊。"

朱小路找到了杂物堆里的梯子,把刘美丽和黑狗子送上了房顶。他听见妈妈嘶哑的声音重新刺破村庄的夜空——"三毛坨,你快回来吧!"

然后是黑狗子用木槌当地敲一声脸盆,脸盆的声音尖利刺耳,像一根锋利的锥子。他也跟着大喊一声:"三毛坨……你快回来吧。"后面的喊声却跌了下去,像一枚巨大的石头被丢在了无底深渊。

两种不同格调的喊声,一种单调重复的敲击声,在村庄沉静的夜空激荡开来。

朱小路就站在屋檐下,他仿佛看见这声音形成了一柄锋利的杀猪刀,穿过一座座暗色的春山,淌过一条条绯红的河流,在急速地飞向空洞的远方,更远方……